KB020956

살아있다는 달콤한 말

죽음을 마주한 자의 희망 사색

정영훈 지음

살아 있다는 달콤한 말

모요사

차례

별것 아닌 것 같지만

'별것 아닌 것 같지만, 도움이 되는'.

이 말은 미국의 소설가 레이먼드 카버의 소설 제목입니다.

생일 케이크를 주문한 엄마. 그러나 아이는 생일날 아침 뺑소니 교통사고로 목숨을 잃습니다. 빵집 주인은 그런 사실도 모른 채 독촉 전화를 합니다. 케이크를 가져가라고 말입니다.

후에 빵집을 찾아간 부모는 비정하다며 울음을 터트립니다.

말수가 적은 빵집 주인은 "이럴 때는 뭘 먹는 일이 별것 아닌 것 같지만, 도움이 될 거요"라고 말합니다. 그러면서 오븐에서 따뜻한 계피 롤빵을 꺼내 건네줍니다.

마법 같은 일이 일어납니다. 이 롤빵이 위로가, 힘이 됐을까요? 이 부부는 먹을 수 있는 만큼 빵을 먹으며, 빵집 주인과 아침까지 이야기를 나누면서 짧은 소설은 끝을 맺습니다.

아이를 잃은 슬픔에 부모는 식사도 거르며 황망해하다 아무 잘못 없는 누군가를 미워합니다. 이 소설에서는 빵집 주인이 그 대상이 됐습니다.

때론 원망할 사람이 필요하기도 합니다. 그래야만 잊고 이겨낼 수 있기 때문입니다. 때론 그저 단순한 위로가 필요하기도 합니다. 그래야만 일상으로 돌아올 수 있기 때문입니다.

어떤 식사도 목 뒤로 넘기지 못하는 슬픔. 그러나 잠시 주위를 돌리는 행동으로 감정의 선을 한번 끊어냈습니다. 그것으로 충분합니다. 몸의 허기를 달래자 삶의 허기도 채워진 것입니다.

2015년 우울증이 저를 마비시켰습니다. 2016년 정신과 치료와 더불어 한 마라톤으로 제자리를 찾는 듯했습니다. 그러나 2018년 다시 혈액암 중의 하나인 림프종으로 말 그대로 죽을 만큼 아팠습니다. 그리고 2019년 봄, 완전 관해라는 감사함을 받았습니다. 지금도 수면 장애, 부신 부전 등 항암 치료의 부작용은 완전히 사라지지 않았습니다.

이 모든 경험과 그 뒤 계속된 삶 속에서 별것 아니지만 도움이 됐던 일들을 말해보려고 합니다. SNS에 올렸던 그 당시의 글을 기반으로 정리했지만, 많은 부분을 기억에 의존한 만큼 더해진 것도 빠진 것도 있습니다.

우울증부터 암까지 모든 것을 혼자 감내하고 원래의 자리로 돌아오고 싶었습니다. 혼자만의 싸움이라고 생각했습니다. 특히 가족에게 짐이 되고 싶지 않았습니다.

우물에 빠졌는데 이끼가 가득한 벽을 손톱으로 파고 올라왔습니다. 구조 요청을 하고 싶지 않았습니다. 바보가 되기로 했습니다.

마라톤의 매력은 키르케고르의 '단독자' 또는 무라카미 하루키의 소설 제목이기도 한 '일인칭 단수'로 존재할 수 있는 세계라는 점이었습니다. 그래서 오롯이 '나 혼자'로 버텨내고 싶었습니다.

한 걸음 한 걸음 이겨내는 과정에서 조금씩 주변이 보이기 시작했습니다. 가족도 친구도 인연도 모두 새롭게 느껴지고 또 새롭게 다가왔습니다. 마음의 여유라는 공간이 그때 움트기 시작했습니다. 새로운 질서의 소우주가 생겼습니다.

이제 나눌 수 있게 되었습니다. 한 개인의 경험이 보편성을 갖기는 쉽지 않습니다. 그러나 인간으로서 정서적인 유대는 가능하리라 믿습니다.

제가 내미는 손이 작은 환대를 받는다면 더없는 영광일 것입니다. 무언가 먹는 것이 도움이 되었던 것처럼, 막 나온 따뜻한 빵의 그 온기처럼 말입니다.

1부

두 발로 우울을 밟아 나갔다

몸이 아픈 것은 아니었다

몸이 아픈 것은 아니었다.

몇 해 전 늦은 가을날 아침, 침대 위에서 몸을 일으킬 수 없었다. 신경이 마비되었는지 근육에 힘이 들어가지 않았다. 마음도 마비되었는지 아무것도 느낄 수 없었다. 생각도 감각도 사라졌다. 존재가 없어졌다.

그렇게 가만히, 천적을 만난 들짐승처럼 그대로 멈춰 섰다. 시간도 배고픔도 아무것도 남아 있지 않았다. 암막 커튼은 적절했다. 세상의 빛과 이 공간을 차단하기에 충분한 두께였다. 뇌에 커튼이 처졌다. 소리까지 막았다.

어느 순간 바닥인 줄 알았던 마음이 또 한 번 가라앉는 게 느껴졌다. 쿵. 미궁의 시간이 지난 뒤 느낀 첫 감각이 추락이라니……. 추락은 공간감이다. 떨어지기 위해서는 시작점과 끝이 필요하다. 바닥에 부딪혔을 때 비로소 떨어졌음을 확인할 수 있다. 그러니까 이 추락의 느낌이 어느 순간 멈췄다는 걸 의미한다. 그 지점에서 다시 처음과 같이 정신과 몸이 동시에 마비되었다.

어떤 힘이 나를 내던진 것일까. 스스로 몸을 굴린 것도 아니니 분명 체외의 무언가가 작용했음이 분명하다. 물론 당시에는 이를 분별할 힘도 의지도 없었다. 첫날은 그렇게 갔다. 그리고 다음 날도, 또 다음 날도.

갈증이 아니라 허기 때문에 물을 찾았다. 마치 아무 일도 없었던 것처럼 일어나 물을 마시고 다시 침대로 간다. 그러고는 또다시 무감각으로의 침잠. 주기적으로 일어나는 마음의 추락. 그렇게 일주일.

정오의 햇살이 암막 커튼을 비집고 들어와 잠시 방 안을 찰칵 찍은 순간, 전화기를 집어 들고 병원에 전화를 걸었다.

"정신과 예약 부탁드립니다. 오늘 빈 시간이 있다고요?"

햇볕을 밧줄 삼아 몸을 일으켰고, 택시를 불러 그대로 병원으로 향했다. 담당 교수를 만나기 전 레지던트가 먼저 이것저것 물으며 컴퓨터에 나의 정신을 입력했다.

"죽고 싶다는 생각이 듭니까?"

"네."

사실 이제껏 죽고 싶다고 생각해본 적은 없었다. 그런데 질문을 받고 나니 네라는 대답이 나왔다. 대답하면서도 죽고 싶은 생각은 없었다. 단지 몸을 움직일 수가 없었던 것뿐이다. 아무것도 느끼지 못했던 것뿐이다.

오히려 어느 날 빛을 보고, 이러다 죽겠다 싶어 살아야겠다는 갈망이 목을 조여 왔다. 그래서 이곳에 와 있는 것이다. 그런데도 죽고 싶냐는 말에 그렇다고 답했다. 누가 답한 것일까.

이제 교수가 화면에 띄워진 차트를 보기 시작한다. 그리고 묻는다.

"왜 그렇게 술을 자주 마셨습니까?"

아, 레지던트가 이 질문도 했었구나. 나는 매일, 혼자서도 마신다고 답했었다. 한 번도 내가 왜 매일 술을 마시는지 생각해 본 적이 없었다.

회사를 마치고 집에 돌아오는 길에 포장마차에 들러 막걸리나 맥주를 마시는 것이 나에게 큰 위안이 되었던 것은 분명하다. 많이 마시지는 않았다. 어떤 술이건 한 병 정도면 충분히 취기가 올라왔다. 그리고 열기가 오른 얼굴을 어둠 속에 숨긴 채 밤하늘의 별을 바라보고 또 바라보며 걸었다. 그런데 왜 마셨을까?

"스트레스라고 해두죠."

정확한 답이 아니었다.

"죽고 싶다는 생각이 자주 듭니까?"

"네."

또 네라고 답해버렸다. 이번에는 살을 더 붙였다.

"죽고 싶기는 한데 살고 싶어요."

입원……

하셔야겠습니다

"입원…… 하셔야겠습니다."

이 말에는 바로 대답할 수가 없었다.

하얀 벽과 하얀 창틀, 그리고 조도를 높여서 공기까지 하얀 방. 정신과 병동에 대해 평소 마음에 새겨왔던 인상이다. 광인이 소리치며 음식을 집어던지고 구속구로 몸을 포박당한 조커가 눈물을 흘리며 웃고 있을 법한 공간보다는 천국의 색채가 왠지 더 강했다. 머리에 꽂은 꽃은 없어도 모두가 천사처럼 밝은 표정을 짓고 있는 곳. 그곳으로 가라는 제안을 받았다. 하지만 그곳은 아직 아니었다.

"왜요? 약으로는 안 되나요?"

"지금 이렇게 돌려보내고 나서 제가 다시 환자를 보지 못한 경우가 많았어요."

자살이라는 단어를 쓰지 않고도 충분히 의미를 전달하는 전문가의 경험이 묻어나는 화법에도 마음은 복잡했다.

"아무래도 무리입니다. 입원까지는."

힘없는 저항은 의외로 통했다.

이주일 치 약을 받았다. 이주일이 지나고 꼭 다시 찾아오겠노라고 약속하기를 몇 번이고 되풀이했다. 택시 뒷좌석에 몸을 숨기고 다시 집으로.

말 잘 듣는 강아지처럼 꼬박꼬박 약을 입으로 털어 넣었다. 하루에 두 번. 그 두 번이 침대의 속박에서 벗어나는 유일한 시간이었다. 이주일 뒤 다시 찾은 병원.

"좀 어때요?"

"약 먹고 계속 누워 있었어요."

"네, 약이 듣는 데 시간이 좀 걸릴 수 있습니다. 이 주 뒤에 뵙겠습니다."

이번에도 이주일 치 약을 타서 집으로. 그리고 약 먹을 때만 침대에서 일어나는 시간은 달라지지 않았다. 그동안 회사에는 휴직계를 냈다. 또다시 찾은 병원.

"좀 어때요?"

"약 먹고 계속 누워 있었는데요?"

이번에는 약간 신경질적인 반응을 보이고 말았다.

"그렇게 누워만 있으면 어떡합니까. 나가서 활동하라고 약을 준 건데."

"아, 네."

더는 할 수 있는 말이 없었다. 빼먹지 않고 약을 먹는 것이 할 수 있는 최대치였기 때문이다. 칭찬 대신 돌아온 타박에 서운함마저 들었다.

"그럼 좀 더 센 약으로 바꿔보겠습니다. 기분이 나아질 겁니다."

마약인가 하고 놀라는 사이에 한마디가 더 날아왔다.

"오늘은 지하철을 타고 집으로 가세요. 역까지도 걸어서 가고요."

이 한마디는 마법을 부렸다.

착한 어린양처럼 발걸음을 옮겨 지하철역으로 향했다. 방향을 조금만 오른쪽으로 틀면 한강 공원이다. 그러나 지금은 강 지류의 언덕을 뒤덮은 갈대로 충분했다. 한강은 아직 너무 멀었다.

늦은 가을 오후 네 시 반의 햇살은 이미 저녁을 머금고 있었다. 금방이라도 빛을 잃을 것처럼 서둘러 어둠으로 달려가는 듯했다. 역까지 가는 길에는 시멘트로 덮이기 직전의 흙길도 있었다. 하늘과의 숨길이 남아 있는 길.

얼마나 천천히 걸었는지 모른다. 집 밖을 나와 걷게 된 것도 거의 한 달 만이다. 걷는 법을 잃어버리지는 않았다. 몸에 새겨진 것은 생각보다 꽤 오래가니까. 고개를 들지 않고 땅만 보고 걷는 것은 사춘기 이후로 몸에 밴 습관이다. 특히 그날은 고개를 더 들 수가 없었다. 부끄러움도 두려움도 아니었다. 그저 볕이 너무 강했기 때문이었다.

친밀한 밤으로 빨리 가고 싶었다. 하지만 걸음을 재촉할 수는 없었다. 이미 최대치를 넘었다. 그렇다고 용기를 낸 것까지는 아니다. 말을 잘 들었을 뿐이다.

스트레스가 원인은 아닙니다

"스트레스가 원인은 아닙니다."

우울증의 원인을 물었는데 단호한 답을 들었다. 대신 낯선 말이 이어졌다.

"세로토닌 같은 뇌 신경전달물질이 잘 나와야 하는데 추운 겨울 수도가 얼어붙는 것처럼 굳어버린 거죠."

그러니까 따뜻하게 해주면 녹을 것이고, 그것이 지금까지 처방받은 약들의 역할이라고 설명했다.

"스트레스 받지 않는 사람이 있을까요? 그런데 모두 환자분처럼 병이 나지는 않아요."

"나을 수 있을까요?"

"치료되지 않으면 제가 월급을 받고 이 자리에 앉아 있을 이유가 없습니다."

두 발로 우울을 밟아나갔다

겨울이 어떻게 지나갔는지 하루 단위의 기억은 없다. 얼마나 누워 있었는지 침대 한쪽이 약간 기울어졌다. 침대 끝에서 떨어질 듯 말 듯 몇 센티미터만 남겨두고 자는 버릇까지 더해졌기 때문이다.

지나온 삶을 돌아보면 언제나 마음은 북한산 백운대로 올라가는 철 사다리에 매달린 듯 흔들려 왔다. 바위 위에 서면 저 멀리 서울의 풍광보다 한길 낭떠러지가 먼저 눈에 들어왔다. 마음이 가는 대로 보인다는 말 그대로 불안은 언제나 발밑에 그림자처럼 붙어 있었다.

망치로 때려 부수고 싶은 회사 일, 고구마 백만 개를 집어먹은 듯 답답한 집안일은 누구나 겪는다. 단지 마음의 공백이 필요한데 자신에게 그걸 주지 못했다. 술이 만드는 뇌의 정지, 그게 전부였다. 그래서 도망치고 싶었는데 마음이 몸보다 먼저 움직였다. 아니 몸이, 뇌가 망가지는데 알아차리지 못했다.

하지만 나를 구원한 것은 휴식도 여가도 여유도 취미도 아니었다. 동그란 알약과 흰색과 녹색을 반반 칠한 캡슐이었다. 열이 나면 원인과 상관없이 일단 해열제를 먹어 열을 떨어뜨리는 대증요법 같은 것이었다.

스스로 파악하지 못한 원인이 더 큰 병의 씨앗이 되었다고 생각한다. '정신'의 병은 이름을 붙이면 이제는 그 존재가 아닌 것이 되는, 관찰하면 이제는 거기 있지 않은 것이 되는 양자역학적인 것이다. 그때, 좀 더 일찍, 정신병의 근원을 알아냈더라면 어떻게 됐을까.

역사에는 가정이 없듯이 삶에도 되돌이표는 없다.

그렇게 약병과 함께 겨울은 가고 봄이 왔다. 고개를 돌리면 항상 있는 한강 공원길을 걷기 시작했다.

한 번 걷기 시작하자 뇌가 정지한 상태로 한도 끝도 없이 걸을 수 있었다. 거리는 킬로미터가 아닌 한강 다리의 수로 셌다. 동작, 반포, 한남, 동호 그리고 성수대교까지. 다리 간격은 2킬로미터 안팎. 따져보니 하루에 10킬로미터 남짓한 거리를 걷고 또 걸었다. 왕복하면 16킬로미터가 되는 날도 20킬로미터가 되는 날도 있었다.

걷는 것이 하루 일과 중 유일한 일이었고 해가 떠서 해가 질 때까지 걸은 날도 있었다. 눈이 내리는 날은 눈을 맞으며 걸었다. 바람이 부는 날에는, 비가 오는 날에는, 날이 맑은 날에는, 날이 흐린 날에는, 어느 드라마의 대사처럼, 그날 있는 그대로 걸었다. 좋았다.

두 발로 우울을 밟아나갔다.

나와 눈을 맞추지 못했다

거울을 보았다. 내가 아닌 것처럼 느껴졌다. 자신을 가장 모르는 것이 때로 자신일 수 있다.

어느 날부터 거울 속 나와 눈을 맞추지 못했다. 눈을 보면 그 사람의 마음을 읽을 수 있는데 스스로 읽히는 것을 거부했다.

땅만 쳐다보고 가다 산속에서 길을 잃었다.

정신을 차려보니 미로 속이다. 우울은 내가 나를 알아보지 못하면서 깊어졌다.

'나는 누구지? 누구였지? 왜 여기에 있는 거지? 왜 살고 있는 거지?'

이십 대 중반으로 기억한다. 이 모든 질문에 호기롭게 답을 냈다고 생각했다. 그리고 진정 어른이 됐다고 여겼다.

그러다 갑자기 답안지를 잃어버렸다. 손에 쥐고 있던 것을 펼쳐보니 백지다.

'무엇을 붙들고 살아온 것일까. 왜 지워진 것일까.'

누군가에게 물어보고 싶었다. 하지만 아무도 없었다. 아무한테도 말한 적이 없기에 말해줄 사람이 없는 것은 당연했다.

이렇게 될 줄 알았다면 대나무 숲에서라도 외쳐둘 걸 그랬다. 바람이 기억했다가 전해줄 수도 있을 텐데.

기다리다 보면 토토로라도 나와서 길을 안내해줄까. 고양이 버스라도 나올까. 현실은 동화가 아니다. 눈앞에는 거대한 돌벽이 이끼를 키우며 앞을 가로막고 있을 뿐이다.

뛰면서 기다린다, 너를

'일어나 걸어라' 했던 정신과 교수의 말이 성경의 한 구절처럼 기적을 발휘했다.

무작정 걷기만 하던 어느 날 두 발이 동시에 지면에서 떨어지는 경험을 했다. 달리기의 정의다. 어느 한쪽 발이 땅에 닿으면 걷기, 동시에 떨어지는 순간이 있으면 뛰기다. 빨리 걷기를 겨루는 경보에서 실격 기준이기도 하다.

뛰고 있다. 몸이. 마음이.

한강 변 산책로를 달리는 사람이 그토록 많은지 그렇게 걷고도 알아차리지 못했다. 고개는 언제나 대지의 속껍질을 향하고 있었으니까. 뛰기 시작하자 옆에서 뛰는 사람이 보이기 시작한다. 폐가 더 많은 숨 쉴 공간을 요구하자 가슴을 열어젖히고 고개를 조금씩 들게 된다. 숨이 가빠지는 날이 늘어나면서 속도도 조금씩 붙기 시작한다. 한강 교각을 지나치는 속도가 빨라진다.

한남대교 남단 교각에는 벽화가 그려져 있다. 그림에서는 손을 들고 춤을 추고 있는 발레리나의 빨간 치마 아래로만 비가 내린다. 르네 마그리트의 거짓말 같은 초현실주의 그림과 닮았다. 침대를 동굴 삼아 지냈던 내가 지금 뛰고 있는 것도 그림처럼 마술 같은 일이다.

머릿속은 고요하다. 사고는 정지돼 있다.

이른 봄의 찬바람은 몸속에서 올라오는 열기에 더해 양 볼을 더욱 빨갛게 달군다. 계절이 바뀌고 있음을 머리부터 발끝까지 느낀다. 하루하루 다른 각도로 뜨고 지는 태양을 느낀다. 걷는 날보다 뛰는 날이 많아지면서 심장이 펄떡이고 있음을 느낀다. 죽기보다 살기를 선택한 자가 살아 있음을 확인하는 순간이다. 멈추지 않고 뛰는 거리도 늘어난다. 3킬로미터, 5킬로미터…… 어느덧 10킬로미터를 쉬지 않고 뛴다.

일정한 간격으로 편의점과 화장실이 있어 달리기에 한강은 최적이다. 처음에는 습관적으로 맥주를 집어 들었다. 알코올 의존증이 남아 있었고, 탄산의 상쾌함이 갈증을 일시적으로 달래주었다. 그러나 이내 탄산수로, 생수로 바뀌갔다. 알코올은 더욱 잦은 갈증을 불러왔기 때문이다.

결국 물이었다. 순수한 물. 달리기와 오래도록 함께할 수 있는 것은 결국 아무것도 첨가되지 않은 물뿐이었다. 몸에 들어간 물은 피로 바뀌고 피는 12만 킬로미터의 혈관을 따라 온몸에 산소를 공급한다. 흘리는 땀은 그 순환의 결과이다.

햇빛과 공기와 물과 땅과 몸이 뒤섞이면서 나 자신도 그저 자연의 일부임을 되새김질한다.

뛰면서 기다린다. 너를 만나게 되기를. 거울 속에서 눈 맞추기를 외면했던 너란 존재를.

무대 위에 한 배우가 서 있다

무대 위에 한 배우가 서 있다. 대본에 따라 주어진 배역을 연기하고 있다. 감독이 요구한 대로 연기하는 듯하다가 어느새 스스로 그 역할에 집착한다. 나도 당신도 자신인 척 연기하고 있다. 어디서부터 잘못된 것일까.

영화 〈가타카〉의 주인공 이선 호크가 토성의 위성 타이탄을 탐사하기 위해 신분을 위장해 주드 로가 되려고 한 것이라면 차라리 낫다. 우주에 가고 싶은 일관된 꿈을 실현하기 위해 자기 정체를 숨기고 타인을 연기한 것이므로. 이선 호크의 극중 이름은 빈센트 '프리맨'이다.

세상이라는 감독이 요구하는 것은 완벽한 연기 그 자체다. 누군가가 내 속에 들어와 나인 척 연기해도 문제 될 게 없다. 누가 누구인지는 중요한 게 아니다.

대체물이 널려 있는 세상. 자본주의가 암처럼 확산하는 이유도 한없이 비슷하지만 조금씩 다른 물건을 생산해내기 때문이다. 유선에서 휴대전화로의 진화가 행복을 얼마나 증진시켰는지는 모르겠다. 확실한 점은 이제 2년마다 전화기를 바꾸고 있다는 것이다.

달리는 시간과 거리 그리고 위치까지 GPS로 정확하게 계산해주는 애플리케이션을 탑재한 휴대전화를 들고 뛰고 있다. 무언가를 끊임없이 바꾸기 위한 수단을 벌기 위해 직장을 다니고 있다. 포드주의 이후 인간은 자신이 생산한 물건과 같은 운명으로 전락했다. 언제나 갈아 끼울 수 있는 부품 같은 존재.

찰리 채플린이 그토록 증오한 톱니바퀴와 같은 신세다. 〈은하 철도 999〉라는 오래된 만화에서 어린 주인공 철이가 갖고 싶어 한 기계 몸 역시 자신이 대체 불가능한 존재일 때만 의미가 있다. 아니면 그저 기계일 뿐이다.

나를 우울로 밀어 넣은 것은 무한 동력을 갖춘 기계의 반복적인 삶이 아닐까. 멈추게 할 스위치도 망가져버린 기계. 끄는 유일한 방법은 삶을 끝내는 것. 부셔버리는 것. 망가뜨리는 것. 그럴 수 없다면, 외면하기. 자신과의 거리두기. 스스로를 속이는 연기를 잘 해내기. 바로 병이 시작된 지점이었다.

그런데 달리기는 달랐다.

달리면 차나 자전거를 탈 때보다 더 전면적으로 자신과 마주할 수 있다.

김훈은 『자전거 여행』에서 "자전거는 몸이 확인할 수 없는 길을 가지 못한다"라며 "몸이 곧 길임을 안다"라고 말했다. "몸과 길 사이에 엔진이 없는 것은 자전거의 축복"이며, 하여 "살아 몸으로 바퀴를 굴려 가는 일은 복되다"고까지 했다.

달리기는 자전거 타기보다 더 깊다. 몸과 길 사이에 바퀴도 없이 두 다리를 통해 온전히 땅의 굴곡과 박혀 있는 자갈을 느끼며 뛰는 일은 보다 직접적으로 길과 관계한다. 페달을 밟지 않아도 평지나 내리막에서 관성으로 나아갈 수 있는 자전거는 인생의 여정과는 사뭇 다르다. 달리기는 단 한 걸음이라도 직접 힘을 쓰지 않으면 나아갈 수 없다. 삶은 그리고 달리기는 한 톨도 거저 주어지는 것이 없다. 두 다리는 체인이 아니라 몸통으로 연결돼 있다.

달리기로 좁힌 것은 나와 나 사이의 거리였다.

속도를 높여 두 다리로 땅을 박찰 때마다 나 자신과 가까워짐을 느꼈다. 수 킬로미터 수십 킬로미터를 달리는 동안 폐를 긁으며 나오는 숨은 남의 것이 아니었다. 연극은 끝났고 화장은 지워졌다. 이제 거울 앞에는 땀으로 범벅이 된 한 사내가 있다. 그는 방금까지 울었음에도 후련해하는 것 같다.

자유가 마라톤으로 이끌었다

당신에게 자유는 무엇인가. 언제 자유를 느끼는가. 세상에 단 하나의 가치만 남아야 한다면 자유, 단연 이 단어를 꼽겠다.

먼저 음악을 틀어본다. 〈Sway〉. 딘 마틴의 것이면 좋겠다. 푸시캣 돌스 또는 가수 이하이가 불러도 상관없다.

마림바 리듬이 시작되면 춤춰요. 게으른 바다가 해안을 감싸듯 조금 더 가까이 와서 나를 흔들어주세요.

하지만 마르쿠스 하이더의 라이브를 유튜브에서 본다면 바로 빠져들 것이다. 한 손에는 담배, 다른 한 손에는 위스키를 들고, 숄 라펠 턱시도에 보타이까지. 느끼한 목소리는 녹아들기에 충분하다.

이제 분위기를 바꿔본다. 샤론 코박스가 부른 〈My Love〉라는 노래다. 단조 탱고의 도입이 심상치 않다.

이젠 전화하지 마세요. 당신이 추락하기를 원합니다. 당신은 잘못된 문을 두드렸어요. 재에서 재로, 먼지에서 먼지로. 더는 눈물도, 후회도 그만.

이제 됐다. 양극단이다. 사랑에 빠지는 것도, 빠져나오는 것도. 자유의 모습도 그렇다. 자유의 테두리엔 '선택'이 그려져 있고 그 결과에 대한 책임까지 자유의 몫이기 때문이다. 바로 그 자유가 그 선택이 마라톤 대회로 이끌었다.

달리면서 흐트러진 마음의 조각들을 조금씩 다시 맞춰가긴 했지만 그것과는 별개로 더욱 강렬한 자극을 몸은 요구했다. 한국에 그렇게 많은 대회가 시즌과 비시즌의 구별도 없이 매주 주말, 휴일이면 열리고 있는지 몰랐고 알고 나선 놀랐다. 동호회에서 주최한 대회부터 스포츠 브랜드가 후원한 대회에 각종 자선 대회까지. 1, 2만 원에서부터 평균 5만 원가량의 참가비를 내면 주말마다 메달을 하나씩 모을 수 있었다. 완주만 한다면 말이다.

처음에는 10킬로미터 대회를 나갔다. 충분히 단련돼 있었는지 결승선에 들어와서도 더 뛸 수 있겠다는 생각이 들었다. 두어 번 더 10킬로미터 대회를 뛴 후 곧바로 하프, 즉 21킬로미터 대회에 출전하기로 마음먹었다. 그런데 하프 대회 첫 출전에서 놀랍고 이상하게도 역시 완주하고 나서도 더 뛸 힘이 남아 있었다. 그리고 삼 주 뒤인 5월의 봄날, 마라톤 대회에 나가기 시작한 지 두 달여 만에 풀코스에 도전했다.

우울증 치료약을 계속 먹긴 했지만, 대회에 거듭 참가하면서 그 병이 내게 일으키는 문제는 약해지고 줄어들었다. 그래도 일 년은 먹어야 한다는 교수의 말에 약을 조절하되 유지는 하고 있었다. 얼굴이 반반씩 다른 아수라 백작과 같은 알약은 하루 한 알 먹는 비타민처럼 느껴졌다.

약의 힘인지 달리기의 힘인지 알 수 없는 일이 몸속에서 일어나고 있었다. 둘 다라고 생각했다. 어느 한쪽의 날개로는 날 수 없으리라.

억지로 치지 않는다

억지로 치지 않는다. 피아니스트 조성진은 그렇다.

영웅이라는 별칭의 쇼팽 폴로네즈 53번은 이름만큼이나 호탕한 곡이다. 프랑스 혁명만큼 당당한 이 곡을 조성진은 콩쿠르에서 미스 터치 하나 없이 부드럽게 이어냈다. 키신, 랑랑이 이 곡을 연주할 때의 표정을 보라. 근엄함마저 느껴진다. 그러나 조성진의 터치는 쇼팽의 발라드 4번을 칠 때와 다르지 않았다. 조성진의 폴로네즈는 여리면서 강했다. 그래서 편하다.

달리기할 때, 곧잘 그의 피아노 연주를 귀에 꽂고 있었다. 거의 모든 연주에서, 특히 쇼팽의 곡에서 슬픔이 느껴졌음은 나의 마음 상태가 그러했기 때문이리라. 동료애라고나 할까. 친구의 고민을 그저 들어주는 것만 같았다. 『당신이 옳다』의 저자 정혜신 박사가 강조하는 이른바 '충조평판'(충고, 조언, 평가, 판단)하지 않고 듣기 말이다.

첫 풀코스 마라톤을 뛰기 삼 주 전, 역시 처음 뛴 하프 마라톤은 이랬다.

장소는 인천 송도. 나름 공식 국제 마라톤이었다. 이른 봄비가 추적추적 내렸다. 하프 마라톤의 문제는 하프 지점에 있었다. 그간 10킬로미터만 뛰었던 나는 10킬로미터를 다 뛰었는데도 지금까지 온 거리만큼 다시 가야 했다. '음, 이건 뭐지?' 그 거리를 제대로 연습한 적이 없었으므로 잠시 당황했다.

도로는 젖어 있었다. 뛰기에 적당한 날은 아니었다. 그래도 몸에 힘은 충분했다. 체력으로 밀고 나가는 수밖에 없었다.

절반을 넘어가면 뛰는 사람들 간의 간격이 점차 멀어진다. 일정 구간은 혼자 뛰는 느낌도 난다. 먼저 속도를 냈던 사람이 걷는 모습도 종종 볼 수 있다. '러너스 하이runners' high'라는 이른바 마약을 먹은 것 같은 쾌감을 느끼기에는 하프는 좀 짧다. 엔도르핀이 핏줄 속을 뚫고 나오기에는 몸이 아직 덜 학대되었다. 좀 더 몸을 괴롭혀야 감각의 극치를 맛볼 수 있다.

조깅은 여가 생활이지만 하프 마라톤은 노동에 가까웠다. 결승선이 1킬로미터 앞에 춤추는 풍선 인형과 함께 시야에 들어와도 여전히 1미터의 발걸음조차 내 힘으로 내딛지 않으면 그 거리는 줄지 않는다. 마른 사막의 신기루와 같다. 간에 저장된 글리코겐은 15킬로미터 정도 지났을 때 이미 다 소진됐다. 몸은 지방이나 근육과 같은 것을 태우기 시작한다. 이렇게 쉬지 않고 달리면 죽음에 이르리라, 남은 것은 뼈와 거죽뿐이리라 하는 생각까지 들었다. 10킬로미터를 뛸 때처럼 별도의 영양 보충은 염두에 두지 않았다. 그저 물 한 컵이 전부였다.

결승선을 통과했을 때는 허무가 밀려왔다. '이게 뭐지. 이게 뭐라고 뛴 거지.' 하프 마라톤에 대한 첫인상은 그랬다. 화풀이하러 갔는데 뺨 맞고 온 기분이라고나 할까. 뛸 힘은 남아 있었으나 더 뛰고 싶은 기분은 들지 않았다. 뭔가 만족스럽지 않았다. 그런데 심장이 더 뛰라고 하는 것만 같았다.

'여기서 뭐 해. 더 가야지. 이게 다야?'

그런데 끝이 났다. 막은 내렸다. 복잡다단한 기분이었다. 망치로 땅을 때리면 속이나 시원할까. 쇼팽의 녹턴 20번을 듣고 진정했다. 물론 조성진의 연주로.

이제부터 이 곡은 폭음爆音과 함께 들어야만 할 것 같다. 영화 〈피아니스트〉 때문일 것이다. 주인공 블라덱 스필만이 자신이 피아니스트라는 사실을 독일군 장교 앞에서 증명하기 위해 연주한 곡은 쇼팽의 발라드 1번이었다. 대부분 녹턴 20번으로 알고 있는데 이 곡은 영화 시작 부분에 폭탄 소리와 함께 연주됐던 곡이다. 아무래도 좋다.

다리는, 무릎은 다음 날부터 아파왔다. 폭격을 맞은 것처럼. 지연성 통증이라고 부른다. 결국 아무렇지 않았다고 말할 수 없는 첫 하프 마라톤이었다.

그러나 억지로 달리지 않았다는 것만은 사실이다.

포기하고 싶지 않았다

포기하고 싶지 않았다.

첫 풀코스 마라톤의 아침. 날씨는 여느 봄날처럼 맑았고, 다행히 미세먼지는 보통 수준이었다. 다섯 시간의 시간제한이 있었다는 점이 유일한 부담이었다.

작은 대회였지만 여의도 공원에서 출발해 가양대교까지

갔다가 돌아와 서부간선도로 주변으로 남하한 뒤 다시 여의도로 오는 그날의 코스에 도전하는 사람만 2천 명이 넘었다. 가슴에 단 번호표로 추정컨대 그랬다. 선글라스와 모자, 에너지 젤까지 꼼꼼히 챙기고 출발선에 섰다.

여덟 시. 신호와 함께 발도 마음도 첫걸음을 내디뎠다.

정오가 되면 뛰기에 너무 덥지 않을까 염려가 될 정도로 금방 기온이 올라갔다. 햇볕을 가려줄 구름도 보이지 않았다.

1~2킬로미터 정도 뛰어보면 그날의 몸 상태를 알 수 있다. 무거운지 가벼운지 적당한지 어제 술을 마셨는지 푹 잤는지 느낌이 온다. 3~4킬로미터 때 숨소리를 들어보면 10킬로미터나 21킬로미터 달리기를 완주할 수 있는지도 알 수 있다. 거칠고 허덕거리면 그날은 고생하는 날이고, 이륙한 뒤 순항 궤도에 오른 여객기처럼 일정한 숨을 들이쉬고 내뱉고 있다면 편안한 여행이 될 것이다.

그날의 몸 상태는 보통이었고, 숨소리도 괜찮아 일단 초반 레이스는 합격이었다. 작은 대회였지만 동호회 회원 중에 노란색 수소 풍선을 허리에 매고 앞서 인도하는 페이스메이커까지 있어서 속도 조절에도 큰 도움이 되었다.

5킬로미터 지점에서 물 한 모금을 마신다. 갈증이 나 물을 마시고 싶으면 이미 몸이 수분 부족 상태라는 것을 배웠기에 급수대를 그냥 지나치는 법은 없었다.

10킬로미터를 지났다. 하프였다면 속도를 내도 괜찮겠지만, 아직 갈 길이 멀기에 오버 페이스를 하지 않도록 주의했다. 색이 짙은 선글라스를 쓰고 있어서 그늘 속을 뛰는 느낌이 들었다. 살짝 졸리기까지 했다.

21킬로미터 지점에 도착했을 때 지난번 하프 때의 당혹감이 다시 떠올랐다.

그러나 이번에는 정반대다. 그때는 이게 끝인가라는 아쉬움이 앞섰는데 이번에는 이게 절반인가, 다시 온 만큼 더 뛰어야 하는가라는 낭패감이 들었다. 하지만 기다리고 있는 것은 '러너스 하이'였다.

25킬로미터 지점을 지나자 갑자기 몸이 붕 뜨는 느낌이 들기 시작했다. 그리고 발끝부터 머리끝까지 방금 잠에서 깨서 민트 향이 가득한 치약으로 이를 닦은 것처럼 상쾌함이 밀려왔다. 너무 좋다는 말로는 불충분했다. 사랑하는 이와 입을 맞추기 직전 가빠지는 호흡과 두근거리는 심장의 상태였다. 연인과 이불 속에서 뒹굴며 나오고 싶지 않은, 이 순간이 끝나지 않았으면 하는 기분과 같았다.

달리고 있다는 사실을 완전히 잊었다. 고개를 숙여 다리를 보지 않으면 뛰고 있는지조차 몰랐다. 땅은 잘 익은 복숭아처럼 부드럽고 물컹하게 느껴졌다. 송골송골 맺힌 땀방울은 봄바람과 달리는 몸이 만들어내는 마찰로 떨어져 나갔다. 그렇게 십여 킬로미터의 몽상의 시간을 지나 35킬로미터 지점을 통과했다.

문제는 지금부터다.

천국은 지옥이 있어야 성립하는 개념이다. 사랑은 사랑이 아닌 것이 있어야, 존재는 무無가 있어야 성립한다. 이미 달린 지 세 시간 반이 지났고, 꿈결과도 같았던 러너스 하이도 갑작스레 사라졌다. 왕가위 감독식으로 표현하면 유효기간이 지난 통조림 같은 상태였다. 그렇게 가벼웠던 몸이 한없이 무거워지기 시작했다. 잊고 있었던 발과 정강이, 무릎과 허리의 통증이 스멀스멀 밀려오기 시작했다. '팔치기'로 부르는 팔 동작도 목적지를 잃어버린 철새처럼 방향을 잃었다. 피곤함이 몸을 지배하기 시작했다.

처음으로 더 될 수 없겠다는 생각이 들었다. 언제나 행복은 너무 빨리 뺏어가고 고통은 길게 주는 신이, 감당할 수 있는 고통만 준다는 부도수표 같은 말이, 희망을 미끼 삼아 거머리처럼 피를 뽑아가는 악덕 사장들까지 온갖 배신의 아이콘들이 떠올랐다.

조금만 더 가면 된다

조금만 더 가면 된다. 시작이 있으면 끝도 있다. 달리기가 노동으로 바뀌었지만 40킬로미터를 왔다. 이제 2.195킬로미터만 더 가면 된다.

그때다. 거짓말처럼 두 발이 얼어붙은 듯 멈춰 섰다. 다리에 힘이 들어가지 않았다. 딱 그 자리에 서버렸다. 이미 달린 지 네 시간이 넘은 상황이다. 망부석이 된 다리는 아무리 애를 써도 꿈쩍이지 않았다. 뒤에서 오는 사람을 위해 자리를 비켜주기라도 해야 할 텐데 앞뒤 좌우로 1센티미터도 움직일 수 없었다.

마비다.

갑자기 눈물이 터져 나왔다. 윽윽 소리도 났다. 목 놓아 운다는 말이 이런 거였구나. 울 수 있는 사람이었음을 발견했다. 그렇게 침대에 누워 있을 때는 눈물 한 방울 안 나더니만. 선글라스를 벗고 눈물을 닦는 동안에도 다리는 움직이지 않았다. 여기까지 왔는데 포기해야 하나 서럽기도 했고, 네 시간 넘게 달린 몸이 아파하기도 했고, 질풍노도의 청소년기도 아닌데 이런 무모한 도전을 왜 했는지 자신을 탓하기도 했다. 5분 넘게 쉬지 않고 울었다. 나이 들어서 술도 안 먹었는데 대낮에 길 한복판에 서서 울게 될 줄은 몰랐다.

한바탕 눈물을 쏟고 나니 몸도 진정된 듯 다리가 약간 움직여졌다. 일단 질질 끌면서 길옆에 비켜 나와 주저앉았다. 또 한 번 뜨거운 것이 북받쳐 올라왔다. 다리를 두들기고 주무르고 정성스레 어루만지기도 했다. 다시 5분 정도 지나니 체력이 조금 회복되어 무릎 관절을 오므렸다 폈다 하는 것이 가능해졌다. 움직일 수 있을 것 같았다. 일어났다. 걷기 시작했다.

시간은 낮 열두 시 반을 지나고 있었다. 한 걸음 두 걸음. 부들부들 떨리는 다리를 응원하며 조금씩 걸었다. 소설가 무라카미 하루키는 『달리기를 말할 때 내가 하고 싶은 이야기』에서 묘비에 "적어도 끝까지 걷지는 않았다"라고 적고 싶다고 했다. 나는 걸어야 했다. 적어도 결승선까지 가기 위해서는 걸어서라도 가야 했다. 십여 분을 터벅터벅 걸었다. 눈물은 땀에 섞여 잘 숨길 수 있었지만, 허탈한 마음은 숨길 수가 없었다.

그래도 가야 했다.

아직 제한 시간인 다섯 시간까지는 20분가량과 2킬로미터 남짓한 거리가 남았다. 최대한 빨리 달리면 십여 분이면 닿을 수 있는 거리지만 지금은 안드로메다만큼 멀어 보인다.

네 시간 반을 허사로 만들고 싶지는 않았다. 마음을 다잡으며 천천히 걷다 보니 달릴 때는 인식하지 못했던 것들이 눈에 들어왔다. 3월에 피기 시작한 개나리꽃은 이제 대부분 다 져서 흔적만 찾아볼 수 있었고 수양버들은 연옥빛으로 한창 물들고 있었다. 정오를 막 지난 햇살은 아스팔트 위로 아지랑이를 만들어내고 있었다. 그만큼 더웠다.

이제 15분 남은 상황. 힘을 말 그대로 짜내고 또 짜내 뛰기 시작한다. 정신력이라는 단어가 등장하는 순간이다. 조깅 정도의 느린 속도였지만, 그래도 '달리기'의 정의에는 부합했다. 국회의사당을 지나 LG 트윈타워까지 보이자 출발선과 동일한 골인 지점도 이제 눈앞이다. 42킬로미터를 달렸어도 195미터를 더 달려야 한다.

'수고했으니까 깎아줄게. 반올림해줄게.'

마라톤에서 그런 인심은 없다. 파란색 바탕에 빨간 선이 그려진 발판을 밟아야 끝이다. 그래야 기록도 문자메시지로 전달되고 완주증과 메달도 받을 수 있다.

이미 내 몸이 내 몸이 아닌 상황. 100미터쯤 남았을 때는 자세를 고쳐 잡았다. 마치 연주를 마친 피아니스트가 관객에게 인사하기 직전 옷매무새를 고치고 땀도 한번 닦고 정갈하게 하는 것과 같다고나 할까. 보는 사람도 기다리는 사람도 없지만 자신에게 단정하게 인사하고 싶었다. 고생했다고.

4시간 58분 59초. 공식 기록은 그랬고 손목시계는 이미 오후 한 시를 넘었다. 1교시부터 5교시까지 달리고 또 달린 것이다.

박수를 쳐주었다. 마음으로부터. 소리는 나지 않는.

에너지가 쉼표에서

폭발한다

에너지가 쉼표에서 폭발한다. 음에서가 아니다. 이 곡은 처음부터 이 쉼표를 위해 달려가는 곡이다. 그래서 쉼표가 있는 곳에서 공기가 바뀌어야 한다.

피아니스트 윤아인이 유튜브 '또모'에서 치기 어렵기로 유명한 곡 중의 하나인 프란츠 리스트의 〈타란텔라〉를 레슨하며 한 말이다.

악보에서 쉼표가 단순한 무음이 아닌 것처럼 삶에도 쉼표는 그냥 쉬는 것이 아니다. 단순하게 다음 도약을 위한 준비 시간도 아니다. 그 자체가 커다란 음악이고 생生이다.

우울증이 걷기와 달리기와 약 덕분에 어느 정도 잡혀가고 있었지만 불면의 밤은 그렇지 못했다. 술에 기대어 잠드는 날이 많았을 때는 불면을 인식하지 못했다. 잠이 안 오면 와인 한 잔 더 하는 게 약인 줄 알았다.

"술을 왜 마셔요?" 의사의 한마디에 놀라고 나서 그날 이후로는 거의 끊다시피 했다. 일종의 돈오頓悟였다. 자신에게 왜 마시는지 답하지 못했다는 것은 스스로를 설득하지 못했다는 뜻이다. 술을 갑작스럽게 줄이다 보니 잠을 제대로 자는 날이 거의 없었다.

잠은 대표적인 쉼표다. 몸의 순환을 진정시키고 뇌의 기억도 정리하는 시간이다. 버릴 것은 버리고 잊을 것은 잊는 시간이다. 수면이 뒤죽박죽이다 보니 다음 날 하루의 리듬이 아침부터 저녁, 밤까지 꼬였다. 악화가 양화를 구축하듯 불규칙한

리듬이 몸을 지배해갔다.

오래전, 그러니까 중학교 3학년 때부터 쉰다는 말은 사전에나 있는 단어였다. 공부가 그렇게 재밌지는 않았지만 몰입하면 세상에 벽을 치고 몰두하는 기질이 있었다. 그것이 술이면 술, 일이면 일, 또 달리기면 달리기에도 그대로 이어졌다. 지나친 달리기도 잠을 방해한다는 말에 줄여보기도 했지만 그것만으로는 충분치 않았다. 적당한 피로가 정신까지 잠재우지는 못했다.

뇌에 고장 난 부분이 또 있었던 것이다. 외래 진료 때 말하니 저녁에 먹는 신경안정제가 하나 추가되었다. 약이 하나씩 늘 때마다 마음은 편치 않았다. 불안 장애, 강박까지 있다고 판단되었기 때문이다.

이 몸은 어디서부터 어디까지 잘못된 것인가. 불면은 삶을 파괴하는 또 하나의 악의 축이다.

불면증을 고치기 위한 인지행동치료가 있다. 여러 가지 조언 중에서 가장 도움이 된 것은 '침대에서는 잠만 자라'라는 지침이다. 침대에서 책 보기, 먹기, 특히 휴대전화로 검색, 영화 보기 등을 하지 말라는 것이다.

한때 침대에서의 삶이 전부였다. 그곳에서 잠만 자라는 것은 쉬운 일이 아니다. 거실 소파에서도 할 수 있는 일들이지만 공용 공간이라는 것이 치명적인 단점이다. 우리는 동굴이 필요하다. 일인용 텐트라도 혼자만의 공간이 주는 안식은 그 무엇과도 대체 불가능하다. 그래서 그토록 집에 집착하는지도 모르겠다.

사람은 고쳐 쓰는 것이 아니라는 말은 남이 아니라 자신에게도 적용된다. 습관을 바꾸면 성공한다는 자기계발서가 넘쳐나지만 밥 먹으면 배부르다 수준의 잠언이다. 그만큼 어렵기 때문이다.

그럼에도 불구하고 의식적으로 휴대전화를 침대에서 멀리하고 눈을 감고 명상, 아니 공상의 시간을 늘려가다 보니 잠을 이루는 시간이 밀물이 오는 저녁처럼 시나브로 늘어갔다. 그러나 거기까지다. 들어왔던 물이 다시 빠져나감을 느낀다.

개와 늑대의 시간을 지나 타락한 천사는 새벽에 떨어졌다.

언덕이 앞에 있다

언덕이 앞에 있다. 그런데 좀 길다. 춘천 마라톤 24킬로미터에서 32킬로미터까지, 마의 구간이다. 춘천댐에 오른 뒤 산을 하나 넘어야 한다. 북한강 의암호 주변을 따라 뛰는 길을 사전에 택시를 타고 한 바퀴 돌아보았을 때부터 쉽지 않겠다는 직감이 들었다.

삶을 앞서 내다볼 수 있다면 충분히 대비하며 살 수 있다. 그러나 야구에서 어떻게 던질지 알아채도 치기 어려운 공을 뿌리는 투수가 있듯이 감당키 어려운 수준의 재난이 닥친다면 대비 자체가 무의미할 수 있다. 현재는 미래 그리고 과거와의 끊임없는 투쟁임을 크리스토퍼 놀런 감독은 영화 〈테넷〉에서 보여주었다.

고난의 언덕이 앞에 있다는 것을 알고 있었음에도, 아무도 강요하지 않은 달리기였음에도 두 발로 그 언덕을 넘는 과정에서 심장을 찢는 고통이 느껴졌다. 보스턴 마라톤의 하트 브레이크 힐Heart Break Hill이 왜 그 이름을 갖게 됐는지도 이해가 되었다. 간과 근육에 저장된 에너지 글리코겐도 다 썼다. 그런데도 언덕의 꼭대기까지는 아직 한참이다.

'어, 이게 뭐지?' 예상은 했지만 이런 생각이 밀려왔다.

가을비까지 추적거리는 길은 미끄러운 게 아니라 끈적였다. 신발도 물을 머금어 더 무거워졌다. 장거리 도보 여행이나 등산을 해본 사람이라면 배낭의 무게가 얼마나 중요한지 안다. 마라톤화는 탄성을 유지한 채 1그램이라도 무게를 줄이는 쪽으로 진화해왔다. 그러나 정반대로 젖은 만큼 무게가 더해진 신발은 이 언덕을 넘는 데 죄수의 발에 사슬로 묶인 무쇠 공과 같았다.

춘천 마라톤 코스의 오묘함은 이 지옥 같은 오르막길 직전에 천국보다 낯설지 않은 풍경을 보여준다는 점에 있다. 의암댐 인근의 신연교를 지나면 10킬로미터 지점까지 삼악산에 절정으로 물든 단풍이 눈앞에 펼쳐진다.

'순간이여 멈추어라! 너 참 아름답구나!'

파우스트가 이렇게 말하며 악마 메피스토에게 영혼을 빼앗길 만한 황홀경이다. 얕은 오르막과 내리막을 반복하며 경치에 빠지다 보면 어느새 속도가 자연스레 올라간다. 노랗고 붉게 물든 단풍에 취해 심장 박동도 다그치기 시작하고 러너스 하이와 같은 기분 좋은 상태도 상당히 빨리 온다. 만약 그렇다면 자신의 속도를 초과하고 있다고 봐도 된다. 일찍 지쳐버리는 것이다. 오버 페이스를 했다면 가장 힘들다는 28킬로미터 근방은 기어서 올라가게 될지 모른다. 결국 그 지점에서 뛰기를 포기하고 걸었다.

때늦은 후회는 도취의 대가이다.

불행은 자신도 모르는 사이에 스스로 불러오는 경우가 많다. 포기라는 달콤한 유혹이 시작되는 지점이기도 하다. 포기를 위해서는 자신을 조금만 속이면 된다. 다음에도 기회는 있을 거야. 오늘 컨디션이 별로였어. 꼭 완주해야 하는 것은 아니잖아. 메피스토의 가슴에 이름표가 달려 있다면 '자기 합리화'라고 씌어 있을 것 같다.

첫 마라톤 때처럼 눈물은 나지 않았다. 32킬로미터를 지나면 내리막과 평지가 기다리고 있다는 것을 알고 있었기에 거기가 끝이라고 처음부터 생각했다. 비록 가을 산이 빛으로 부르는 노래에 혼이 나가 페이스 조절에는 실패했지만 멈추지 않을 수 있었던 이유다. 만약 한 번 더 이곳을 뛰게 된다면 그때는 오디세우스처럼 돛대에 몸이라고 묶고 세이렌의 감미로운 노래를 이겨내리라 생각했다.

때론 걷고 때론 다시 뛰면서 내리막을 맞이했다. 그리고 천천히 결승선을 향해 다가갔다. 다섯 시간의 여정은 그렇게 끝이 났다.

그리고 이 주 뒤 서울에서 한 번 더 풀코스 마라톤을 뛰었고 그것이 마지막 완주가 되었다. 놀런 감독의 또 다른 명작 〈인터스텔라〉에서 뒤섞인 시공간인 책장 뒤에서 주인공 쿠퍼가 과

거의 자신에게 "가지 마(Stay)"라고 했던 것처럼 5차원 속에 내가 있었다면 세 번째는 뛰지 말라고 했을 것 같다. 발바닥 근육이 찢어지면서 족저근막염이 생겼고 무릎 인대까지 다쳐 이듬해 봄 서울 마라톤을 중도에서 기권해야 했기 때문이다.

지난한 부상에서 회복하고 난 뒤로 마라톤 대회는 이제 10킬로미터만 뛴다. 단 세 번에 그친 마라톤 42.195킬로미터 완주. 그럼에도 화양연화花様年華였다고 단언할 수 있다. 인생에서 가장 아름다운 한때라고 부르기에 충분하다.

2부

당신은 암입니다

암이 찾아왔다

암이 찾아왔다.

우울증의 우물에서 나와 햇빛을 본 지 2년도 지나지 않은 때였다.

여름이 끝나가고 있었다

여름이 끝나가고 있었다. 8월 말, 여느 때와 같이 피로가 아침의 몸을 지배하고 있었다. 신경 쓰이는 것은 사타구니에 생긴 혹. 통증이 없기에 며칠째 그냥 지나쳤다. 그날은 유난히 크기가 커진 듯했다.

점심시간을 이용해 여의도의 한 병원을 찾았다. 초음파 검사가 가능한 곳이었다. 촉진과 초음파 검사는 금방 끝났는데 의사의 표정이 좋지 않았다.

"초음파 검사비 안 받겠습니다. 의뢰서 써줄 테니 가까운 대학병원엘 가세요."

"네?"

"아직 젊어서 그러지는 않겠지만 혹시나 해서……. 여기 화면을 보시면 검은 구멍 같은 게 보이죠? 물방울 같은 모양. 이런 게 보이면 안 되는 겁니다. 깨끗한 하얀색이어야 해요. 정상이라면. 보통 이 정도는 염증이 있어도 모양이 이상해지지 않아요. 그렇다고 꼭…… 그건 아닙니다."

머릿속이 하얗게 된다는 말이 현실을 그대로 묘사한 말인 줄 그때 처음 깨달았다.

"염증이라면 항생제 주사를 좀 놔주세요."

떨리는 목소리로 부탁했다.

"그게 지금 상황에서 도움이 될까 모르겠지만, 염증이 없는 건 아니니 일단 주사는 놔드리겠습니다."

큰 의미가 없다는 주사를 한 대 맞고 나서 다시 회사에 갔다. 점심시간이 끝나가고 있었지만 배는 고프지 않았다. 손에 쥔

진료의뢰서 때문이었다. malignancy. 휴대전화로 내가 아는 그 뜻인지 확인하기 위해 다시 한 번 검색했다. 악성 종양, 암이 의심된다고 씌어 있었다. 점심 식사를 건너뛰었다는 허기보다 궁금함에 대한 허기가 몰려왔다.

'설마? 진짜?'

빠른 걸음으로 사무실로 올라가 짐을 챙겨 뒤도 안 돌아보고 나왔다. 그렇게도 대기 인원이 많다는 대학병원의 안내 전화는 한 번에 걸렸고 진료 예약도 바로 몇 시간 뒤로 잡혔기 때문이다. 며칠, 일주일 또는 열흘 뒤로 잡혔으면 또 얼마나 애를 태웠을까. 한 방에 예약이 끝났기 때문에 사무실에서 고민하고 있을 필요가 없게 되었다는 게 위안 아닌 위안이었다.

택시를 타고 가며 올려다본 하늘은 구름과 회색 창공이 번갈아 보였고 강변북로를 달릴 땐 후다닥 소나기가 내렸다. 심장 소리를 들을 수 있다면 불규칙하고 무모해 보이는 빗소리와 다르지 않을 거라는 생각이 들었다.

마음이 급했다

마음이 급했다. 세 시 반 예약인데 두 시간이나 빨리 왔다.

"빨리 온다고 빨리 진료 받는 건 아니에요. 예약한 분들이 다 오신 듯합니다."

간호사의 설명엔 환자들에게 시달린 하루가 묻어 있었다.

몇 시간 전에 촬영한 초음파 영상 CD를 등록하고 커피를 사러 갔다.

시간은 인식하는 순간 느리게 간다. 슈뢰딩거의 고양이인지 상대성이론인지는 알지 못한다. 시계를 쳐다보고 있으면 시간이 분초 단위로 가는 것이 느껴진다. 그것도 아주 천천히. 똑딱똑딱 하는 소리도 없이.

지겹지는 않았다. 조금 초조했다고 할까. 그리고 대사를 준비한다. 표정도 그려본다. 어떻게 선생님께 말을 할지 말이다. 어제 술 마신 걸 얘기해야 하나. 몸에 혹이 난 걸 알면서도 마셨다고 혼나지는 않을까. 진료의뢰서에 악성 종양, 암을 뜻하는 단어가 있는데, 이거 아는 척을 해야 하나. 집에는 또 언제 얘기를 하지. 온갖 시나리오가 머릿속에서 기승전결로 흘러갔다 승전기결로 흘러갔다 난리다.

진료는 세 시에 시작되었다. 예약보다 조금 빨라졌다. 교수가 자판을 두드리며 화면을 봤다가 의뢰서를 봤다가 십 초쯤 생각하는 듯했다. 백 년처럼 느껴지는 시간이었다.

"입원하셔야겠습니다. 약만 먹어서는 낫지 않을 거예요."

그다음 말은 기억나지 않는다. 귀에 잘 들어오지도 않았다는 표현이 적합하다.

진료실을 나오자 간호사가 병실이 없으니 입원실이 날 때까지 응급실에서 대기해야 한다고 알려주었다. 그리고 검사를 받으라는 지시가 이어졌다. 곧바로 응급실로 향했다. 종합병원의 응급실은 상상한 모습 그대로였다.

코드 블루, 코드 블루.●

무서운 말이 스피커를 통해 차갑게, 간헐적으로 들려온다.

수시로 도착하는 119, 응급의의 만류에도 입원시켜달라고 떼쓰는 아저씨, 교실에서 장난치다 친구에게 내던져져 벽에 부딪혔다는 중학생, 온몸에 검은 반점이 생겨 한눈에 봐도 오래 버티기 어려워 보이는 할아버지와 그를 부축하고 있는 할머니, 숨이 쉬어지지 않는다고 하소연하는 아주머니, 머리에 붕대를 칭칭 감은 아이, 맹장염인데 여기서는 수술이 어렵다고 해서 다른 병원으로 이송되는 청년, 다리에 부목을 댄 군인의 미묘한 미소, 그리고 입원실이 없어서 떠도는 더 많은 사람들.

혈액 검사를 받고, 항생제를 링거로 맞으면서, 앉아 있었다. 병상이 턱없이 부족했기에 거동이 자유로운 이에게는 차례가 돌아오지 않았다.

● 심정지 같은 위급 상황에서 의료진을 부르는 말.

모든 것이 멈췄다

응급실에 몰려든 사람들을 보니 당일 입원실이 나기는 어려워 보였다. 병원에 올 때와는 달리 하늘은 맑아지고 있었고 창밖으로 보이는 노을은 가을날의 노을과 많이 닮아 있었다. 노을을 보는 것도 잠시뿐, 바로 어둠이 내리기 시작했다.

간호사가 초음파실로 안내했다. 불이 꺼져 있는 것으로 봐서 검사 시간이 지난 듯했다. 영상의학과 선생님은 약간 화가 나 있었다. 너무 늦은 시간에 환자를 의뢰받아서 불만스러운 모양이었다. 인턴 의사도 옆에 왔다. 교수의 지시가 있었던 것 같다. 영상의학과 선생님이 말했다.

"이름이 뭐예요? 아, 네. 그렇군요."

대답도 하기 전에 인턴이 먼저 내 이름을 말해주었다. 그는 언제 쉬었는지도 짐작이 가지 않는, 그래서 혼을 반쯤 내려놓은 듯한 몰골이었다. 그때 갑자기 인턴에게 "똑바로 해!" 하는 이유를 추정하기 어려운 질책과 동시에 영상의학과 의사의 초음파 검사가 시작되었다.

"암인가요?"

"음…… 아닌 것으로 보입니다."

한참을 이리저리 크기를 재고 모니터를 뚫어지게 바라보고 나서 나온 대답이었다.

"통상 암 조직은 딱 봐도 못생겼어요. 삐뚤삐뚤하다고 할까. 그런데 이건 그냥 크게 부풀어 있네요. 그러니까 암은 아닌 것 같은데 그렇다고 정상도 아니고요. 이상하군요."

일곱 시가 넘은 시각, 오늘 할 수 있는 검사는 끝났다. 이미 병실 배정이 끝나 오늘은 입원이 안 되겠다는 말과 함께 임시 퇴원을 허락받았다. 응급실 퇴원 수속을 마치고 나왔다. 입원 예약도 재확인했다.

집에 돌아와 침대에 누웠는데 졸음이 밀려왔다. 여느 날과는 다른 피곤함이었다.

다음 날 아침 입원하기 위해 짐을 챙겼다. 작은 향수도 하나 담았다. 병원 전체를 질식시킬 듯이 맴도는 소독약 냄새가 싫어서였다. 운 좋게 일인실에 자리가 나서 입원할 수 있었다. 거기서 항생제 한 병을 다시 맞았다.

횡단보도 신호등에 빨간불이 켜진 듯이 모든 것이 멈췄다. 그 사이를 비집고 배고픔이 느껴졌다. 곧 밥이 배식돼 왔다. 염분을 줄인 음식은 아무 맛도 느낄 수 없었다. 병원 밥 특유의 냄새가 유난히 거부감을 일으켰다. 반 이상 남긴 배식판을 배선실에 가져다놓았다.

큰 유리창 아래 간신히 구멍만 내놓은 듯한 창문을 가능한 한 멀리 밀어 열어놓고 방문도 활짝 열었다. 병실 내부에 쌓인 공기를 조금이나마 내보냈다. 형언할 수 없는 약 냄새가 기도를 타고 코까지 올라왔고 잔반 냄새마저 섞여 구역질이 났기 때문이다.

이를 닦았다. 가져온 향수를 베개 뒤에 조금 묻혔다. 거울을 보니 수염을 깎지 않은 지저분한 얼굴이 보였다.

엉망인 것은 얼굴이나 방이나 마음이나 다 똑같았다.

아직도 병명을 모른다

답답하다. 입원 이틀째. 항생제 투여 말고는 딱히 치료하는 게 없다. 입원은 필요 없어 보였다. 그때는 그렇게 느꼈다.

진료의뢰서에 씌어 있는 malignancy라는 단어가 여전히 검은 그림자처럼 뇌리를 떠나지 않았다. 예정된 불행이라면 되도록 천천히 맞는 것이 순리다. 서두를 이유는 없다.

오래도록 창밖을 보고 있다. 집에서 강이 보이면 우울증이 생긴다는 근거 없는 말이 생각났다. 하염없이 흘러가는 강물을 바라보고 있으면 삶도 그렇게 허망하게 흘러가는 것처럼 느껴진다는 논리다. 온종일 강물처럼 흘러가는 자동차의 물결을 14층에서 한참을 내려다보니 일견 고개가 끄덕여진다.

14층에서 올려다보면 하늘, 내려다보면 고속버스 터미널, 바로 앞에는 5성급 호텔. 사람은 한 점에서 다른 한 점으로 수평 이동 중이다. 하늘은 미세먼지 한 톨 없이 푸르다. 병실 벽에 걸린 텔레비전 속 사람들은 수십 년을 그래왔듯이 오늘도 예쁘고 행복하다.

'일상'이 아무렇지도 않게, 있던 그대로 그렇게 있다. 소중한 것을 잃고 나서야 소중함을 알게 된다는 구구단처럼 쉽고 명백한 사실도 역시 빼앗기고 없어져야 절실하게 느끼게 된다. 발등에 불이 떨어져야만 뜨거움을 알게 되는 걸까.

특별히 올 사람도 없는데 면회를 사절한다고 간호사에게 말했다. 혼자만의 공간이 생겼기에 그 안에서 지난 시간을 되돌아보고 치료에 전념하리라고 마음먹었지만, 하루도 안 돼 평소 보지 않던 텔레비전을 켜고, 휴대전화로 페이스북·카카오톡·인스타그램을 기웃거리다 사내 네트워크까지 접속해 밀린 결재를 하고 게시판도 읽어보고 있는 자신을 발견한다. 한참을 그렇게 하고 나니 한심하다는 생각이 밀려들었다. 다시 이불을 덮고 눈을 감는다.

아직도 병명을 모른다.

견디지 못하고 다시 눈을 뜨니 파란 하늘에 솜사탕을 뜯어놓은 듯한 구름이 가을바람에 단풍잎 흔들리듯 흘러가고 있다. 어느새 안개처럼 사라지고 없다. 예정되지 않았던 이 한바탕 소동이 먼 훗날 술자리의 에피소드로 남을 거라는 희망 섞인 기대를 해본다.

방 안에 십자가가 걸려 있다. 낮에 수녀님이 오셔서 쾌유를 기도해주고 미소 짓고 가셨다. 신이 있다면, 나에게 좀 쉬라고 이러는 것 같다는 생각도 들었다. 알면서도, 그러면 안 된다는 걸 누구보다도 잘 알면서도 낭떠러지를 향해 액셀을 밟고 있었으니까. 영화 〈델마와 루이스〉의 주인공도 아니면서 말이다. 정해진 궤도에서 벗어나는 것은 죽음임을 인식하고 삶을 엿가락처럼 늘여가는 것을 반성하라는 뜻인 것 같기도 했다.

병원을 나왔다

병원을 나왔다. 근처 모텔급 호텔로 거처를 옮겼다. 터무니 없이 비싼 일인실밖에 선택할 수 없는 상황이 문제였다. 하루 입원비만 50만 원이 넘는데다 치료는 항생제를 하루에 한 번 맞고 경과를 지켜보는 게 전부였다.

아직 요양병원을 갈 정도는 아니었다. 그렇다고 집으로 가는 것도 좋지 않았다. 추가 감염 위험이 컸고 가족들의 걱정 어린 시선도 부담스러웠다. 괜한 고집일 수도 오기일 수도 있지만 병치레를 오롯이 혼자 이겨내기로 한 나만의 원칙에도 맞지 않았다. 아픈 모습을 누구에게도 보이기 싫었다. 진짜 속내는 이것이 아니었을까. 완벽한 모습만 보이고 싶은 '스마일 페이스' 증후군일 수도 있다.

당직 레지던트에게 통원하면서 주사만 맞겠다고 했다.

"내일은 일요일이라 통원주사실이 열지 않을 텐데 어떻게 하시려고요?"

"ER에서 맞고 가면 안 될까요?"

"혹시 의사세요? 일반인이 응급실을 ER이라고는 잘 안 해서요."

미국 의학 드라마의 팬이라고 하고 싶었지만, 참았다.

집이 아니라 호텔로 간 이유는 병원의 공기를 집 안까지 가져가고 싶지 않아서였다. 당장 특별히 아픈 데도 없는데 신경 쓰게 하고 싶지 않았다. 악성 종양은 일단 어느 정도의 크기가 될 때까지는 통증이 없다는 사실은 나중에 알았다.

집과 병원 모두 가까운, 하루 8만 원 정도 하는 호텔을 잡았다. 잘한 일인지는 물론 알 수 없다. 인생은 그저 선택의 연속이니까. 병원을 나온 순간, 오후 여섯 시였나, 창밖으로 보이는 깊고 파란 하늘이 다른 해의 가을보다 더 농도가 짙게 느껴졌다.

'아, 세상은 아름답구나!'

감탄사가 절로 나왔다. 색감에 감탄한 건지 병원을 나온 것만으로도 좋아서 그랬는지는 알 수 없다.

행복은 복잡한 모양을 하고 있다. 그토록 마시고 싶었던 커피를 마셨다. 매일 똑같은, 그러니까 밥 먹고 차 마시고 맥주 한잔하고 사람 만나서 투덕거리기도 하는 그런 삶이 지겨운 일상일 수도 고마운 하루일 수도 있다. 상황은 하나고 바라보는 마음이 두 개다.

'죽기 전에 해보고 싶은 건 다 해보자!'는 불량한 생각까지는 아니지만 호텔에 혼자 방을 잡고 있으니 기분이 묘했다. 마음이 안정될 것이라는 기대는 빗나갔다. 마음을 진정시키기 위해 우울증을 이겨낸 마법의 방법, 걷기를 택했다. 여긴 강남역 부근이니까. 그것도 일요일 밤이다.

대형 서점 뒤쪽으로 나와 조금만 내려가니 건강한 이들의 흥청망청, 티격태격하는 현실계가 펼쳐졌다. 특히 젊은 호르몬으로 가득해 폭발할 지경이었다. 강한 항생제를 연속해 맞아서일까, 부러움이 컸기 때문일까. 위장의 뒤틀림이 느껴졌다. 사실 연일 뭘 잘 먹을 수가 없었다. 병원에 있을 때는 링거에 위장약을 섞어서 처방받았다. 지금은 그럴 수 없는 상황이다. 구역질까지는 아니지만 위가 무거웠다. 떡볶이도 먹고 싶고 오징어도 먹고 싶고 당연히 술도 먹고 싶지만 마음과 몸이 다른 방향으로 가고 있었다.

한 달 만에 기온이 20도나 떨어지는 날씨처럼 위도 움츠러들었다. 포장마차에서 시킨 3천 원짜리 떡볶이는 서너 개 집어먹고 포크를 놓았다. 옆 가게 앞 수조에 살아 있는 오징어가 헤엄치고 있기에 한 접시 시켜놓고 콜라를 주문했다. 몇 점 먹다 말고 바로 소화제가 필요함을 느끼고 응급약이 있는 편의점으로 갔다.

편의점 앞에는 한 커플이 삼각김밥을 안주 삼아 맥주를 마시고 있다. 술집에 갈 돈이 없으면 어떤가.

'둘만 있으면 다 괜찮아. 우리 둘만 행복하면 돼. 세상 누가 뭐라 해도 상관없어. 지금 이 순간이 가장 중요해.'

이런 말이 풍선처럼 뿜어져 나오는 듯했다.

이제 하고 싶은 것 중에 남은 건 맥주 먹기다. 그래도 양심상 알코올 없는 맛없는 맥주를 찾아 편의점 여러 곳을 돌아다녔다. 강남역 사람들은 무알코올 맥주 따위는 먹지 않는지 비치해놓은 곳이 없었다. 결국 포기하고 호텔로 돌아오는 길에 호텔 바로 옆 편의점을 마지막으로 들렀더니 떡하니 있었다. 역시 파랑새는 집 혹은 그 근처에 있다.

일요일 두 시가 되었다

일요일 두 시가 되었다. 주사를 맞기 위해 또다시 응급실로 간다. 맞은편에 한 여인이 앉아 있다. 사십 대. 자녀 하나는 있어 보인다. 보호자 없이 혼자 왔다. 더없이 무거운 표정으로.

남자 간호사가 다가가 손등에서 피를 뽑는다. 혈관이 숨어들었는지 여러 번 찔러도 잘 나오지 않는다. 그사이에 얼굴이 붉어지고 결국 '아야' 하는 외마디 비명이 새어 나온다. 간호사는 별말 없이 더 가는 바늘을 가지러 간다. 이번에는 성공할까. 이를 악문 여인은 반복되는 고통에 눈물을 흘리기 시작한다. 아무런 소리를 내지 않다가 다 끝나니까 으흐흐 흑 참았던 감정이 터져 나온다.

찌르는 바늘이 아팠는지, 왜 일요일 오후에 여기 왔는지, 왜 나여야 하는지, 열심히 살았는데 그게 전부였는데 왜 아파야 하는지, 자신이 뭘 잘못했는지, 아이는 지금 뭘 하고 있는지, 그리고 왜 지금 혼자인지…….

바늘이 찌른 건 몸이 아니라 그 여인의 삶인 듯했다.

'조금만 견뎌내요. 그리고 우리 일상으로 돌아가요. 힘들게 살아왔잖아요. 다시 가서 웃자고요.'

마음속으로 말을 건넸다.

아홉 살쯤으로 보이는 남자아이가 어머니와 할아버지 손에 끌려 들어온다.

"차라리 날 죽여. 싫어. 안 돼. 저리 가. 절대 안 돼."

아이는 간호사가 다가가자 더 겁을 먹고 갑자기 소리를 지르기 시작한다. 아직 어린 나이에 극단적인 말들을 쏟아낸다.

피를 뽑고 몇 가지 검사를 하는 응급실인데 그 아이는 죽음에 가까운 공포를 체험하고 있는 것 같다. 한 가지 처치가 끝나면 이내 훌쩍거리며 조용해지긴 했지만 이어지는 채혈과 검사는 그 아이를 거의 미치게 했다.

'어리고 여린 영혼아! 잘 견뎌야 할 텐데, 그저 많이 아팠지만 괜찮았어 하며 멋쩍은 웃음을 지을 수 있는 추억으로 남아야 할 텐데. 너무 무서워하지 마. 잘 될 거야.'

여인과 아이에게 마음으로 한 말이 내게로 돌아오는 느낌이다.

어지럽다. '크라비트'라는 제법 독한 항생제를 맞고 있는데 그 부작용일 수도 있단다. 그 때문에 혈압도 요동치고 있다. 170/110. 간호사가 머리 아프지 않냐고 물었다. 30분 뒤에 다시 재니 143/89. 입원했을 때는 새벽 네 시에 재니 110/79, 다시 아침이면 147/90이었다. 한 사람의 심장이 맞나 싶다.

잠자리를 옮겼다

잠자리를 옮겼다. 묵던 숙소를 바꿨다. 아침밥 때문이라고 하자. 영국의 싸구려 호텔에서 경험했던 타버린 커피와 말라붙은 달걀부침과 너무 닮았었다. 사실 혀와 위가 약으로 기절한 탓도 있었다. 미각과 후각을 상실시키는 것은 코로나바이러스만이 아니다.

집이 아닌 곳에서 지내는 일은 어떤 이유에서건 여행의 기분을 느끼게 한다. 호텔 특유의 묵묵한 커피부터 병원과는 다른 소독약 냄새까지. 도쿄 시부야 역에 꼭 붙어 있었던, 작아도 너무 작았던 일인용 방에 있는 듯한 착각을 불러일으켰다.

여행의 근본은 낯섦이다. 마음이 여행 중이라면 친숙한 삼성동 주변 길이 전혀 다른 도시의 골목길이 된다. '이곳'이 아닌 장소에 있다는 기분은 바람이 적당한 날에 연을 날릴 때 손을 당기는 연줄의 긴장감과 닮았다. 당기면 서서히 당겨지고 놓으면 금세 멀리 날아간다.

지금 여기가 현실적인 공간이 아니라는 생각은, 평생 한 번도 겪어보지 않았던 대학병원에서의 경험을 평행세계의 일처럼 느끼게 했다. 이번 병치레 과정에서 하나 배운 것은 이상한 일이 닥쳤을 때 실제로 일어난 일이 아니라 다른 세계의 다른 자신이 겪고 있는 일이라고 상상해버리는 것이다. 그래서 나의 일이지만 다른 별에 있는 '나-2호'의 일처럼 여기며 마음의 짐을 던다.

제법 차가운 초가을 바람마저 처음 맞아보는 것 같은 착각을 불러일으킨다. 주변은 그대로인데 마음이 변하니 주변이 다르게 느껴졌다.

병원에서 특별히 주의해야 할 것은 없다고 했기 때문에 마스크만 쓰고 용감하게 돌아다니기로 했다. 코로나도 없던 때였고 호흡기나 기타 감염에도 둔감했다. 몸에 가득한 항생제가 방패가 될 것이라는 근거 박약한 생각도 했다. 쇼핑몰에서 흐느적거리며 걸었다. 수많은 사람의 말이 외국어처럼 웡웡거렸다. 진짜 지구 2호에 있는 것처럼.

원래 사람은 다른 사람을 신경 쓰지 않는다. 아무도 당신을 주목하지 않는다. 당연한 건데 그 당연함이 깊이 와닿는다. 이방인은 스스로가 만드는 것이다. 고향과 여행지의 구별은 현지인이 해주는 것이 아니라 스스로가 규정짓는 일이다.

숙소로 돌아왔다. 잠자리를 옮겨도 불면증은 계속되었다. 약국에서 파는 일반 수면유도제는 듣지 않은 지 오래다. 전에 처방받은 향정신성 의약품인 수면제까지 꺼냈다. 딱히 할 일도 없고 깨어 있으면 걱정만 되니, 그저 자는 게 최고다.

강력한 수면제는 한 알 먹고 나면 30분에서 한 시간 정도면 잠이 든다. 하나 둘 셋! 왕가위 감독의 〈중경삼림〉에서 여자 주인공 왕정문이 했던 것처럼 셋만 세면 양조위처럼 딱 기절했으면 좋겠지만 난 양조위가 아니다. 꽤 시간이 걸렸지만 그럼에도 언제 잠이 들었는지도 모르게 블랙아웃.

지금 당장 수술해야 한다

칠 일 동안 연속해서 항생제 주사를 맞았다. 링거로 지겹게 맞았던 이 약도 이걸로 끝이다. 효과가 있는지 초음파로 종양 부위를 다시 검사했다. 주치의가 최종 진단을 내리기 전에 결과는 예상되었다. 만져 봐도 혹은 줄지 않았기 때문이다. 그렇게 들이부은 항생제에도 전혀 반응하지 않는 단단한 놈이었다.

감기도 일 년에 거의 한 번도 걸리지 않는 체질이라 항생제 먹은 게 그동안 손에 꼽았다. 그래도 항생제 내성을 의심해보았다. 고기, 생선, 달걀 등에 묻어서 몸 안으로 들어온 것들 때문은 아닐까? 혼자만의 생각이다. 술과 함께한 세월이 나이와 더불어 늘어나면서 면역력이 떨어져 그럴지도 모른다고 생각했다. 역시 근거는 없다.

교수의 판단은 물론 이런 생각과는 거리가 있었다. 먼저 암일 가능성이다. 다음은 결핵으로 림프절이 부어서 생겼을 가능성이 있다고 했다. 무반응이 이렇게 무서운 것인지 몰랐다. 몸에 무엇이 숨어 있다. 영화 〈007〉 시리즈에서 같은 편인 줄 알았는데 실제로는 적이었던 MI6 비밀 요원처럼 말이다.

사랑과 세균은 일단 스치면 열부터 난다. 그런데 치료 내내 몸에서 열이 전혀 나지 않았던 것도 감염이 아닌 다른 원인을 찾게 된 또 하나의 이유였다.

결국 생체검사 지시가 내려졌다. 한마디로 수술이다. 몸에 10센티미터 이상의 흉터가 예고되었다. 혹이 악성, 즉 암인지 아닌지는 떼어낸 후 다시 조직 검사해서 판단한다. CT상에서 다른 곳의 전이는 일단 안 보인다고 했다. 후에 이 판단은 틀린 것으로 드러났지만 말이다.

혈액 검사 결과만을 보았을 때는 암 소견이 없다고 했다. 교수는 그러나 현 상황에서는 암에 준하여 치료가 불가피하다고 했다. 수술도 당장 오늘, 바로 지금 한다고 했다. 교수는 직접 수술실이 비는 시간을 확인했다. 레지던트도 바빠졌다.

그때 뜬금없이 입원과 응급실행과 통원 치료를 반복하면서 날려버린 마라톤 대회가 떠올랐다. 병가로 너무 오래 회사를 비워서 팀원들에게도 부장에게도 미안한 마음이 들었다. 부모님께는 아직 아무 말도 하지 못했다. 수술로 꿈만 같은 이 모든 이야기가 끝나길 바랐다. 그러나 이 이야기는 시작도 못한 것이 되었다.

오후 네 시 반. 수술실 앞에 섰다. 수술복으로 갈아입었다. 카트에 누웠다. 파란 옷의 간호사가 이름을 확인한 뒤 밀고 들어갔다. 터널을 지날 때 일정한 간격으로 켜져 있는 조명이 스쳐가듯, 눈 위로 천장의 네모난 형광등 조명이 초 단위로 지나갔다. 여러 개의 수술실을 지나 한 곳으로 밀려들어갔다. 큰 냉장고처럼 추웠다. 회색과 파란색 물감을 섞은 듯한 방이었다.

생각보다 많은 스태프가 있었다. 바지를 벗기겠습니다. 소독합니다. 차갑습니다. 모든 단계마다 짧은 설명이 붙었다.

"어떤 수술인지 알고 계시죠?"

"네."

살면서 내어본 가장 작고 힘없는 목소리였다. 얼마 전 먹었던 오징어회가 떠올랐다. 도마 위에 올려져 칼질을 기다리는 모습이 지금의 나와 다를 바 없었다.

마취약 들어갑니다. 내시경 검사 때 한 수면마취는 마취약이 몸에 퍼지는 것이 느껴지면서 묘한 기분이 들게 했었다. 전신마취는 달랐다. 기억의 순간적 단절. 아무 느낌도 없이 바로 심연으로 내려갔다. 한참 재미있는 꿈을 꾸고 있었다. 깨우는 목소리가 멀리 동굴 밖에서 외치는 것 같았다. 멍멍하게 귀를 때렸다.

"자, 정신 차려보세요. 일어나세요. 숨을 크게 쉬세요. 하나 둘."

잠을 깸과 동시에 통증이 밀려왔다. 배가 찢어지는 고통. 목도 아팠다. 전신마취 중 숨을 쉬게 하기 위해 목에 뭘 넣어두었다. 몸은 아직 카트에 묶여 있다. 가위에 눌린 듯하다.

"진통제! 아파요."

간신히 내뱉은 첫마디였다. 혹 또는 종양을 꺼낼 때 주변 근육을 조금 찢을 수밖에 없었다고 한다. 병실로 옮겨졌지만 몸을 움직일 수 없었다. 조금씩 움직일 때마다 상처에서 통증이 밀려왔다. 고통 10단계 중 8 정도 되었다.

교수가 들어왔다. 수술은 잘 됐고 조직 검사 결과는 일주일 뒤에나 나오니 하루만 입원하고 집에 돌아가 기다리라고 했다. 검사 결과에 따라 치료 종결일지 추가 치료일지가 결정된다.

별일 없이 추석이 끝나고 나서 출근할 수 있기를 빌었다. 소원은 누구나 빌 수 있다. 들어줄지·말지는 하늘의 뜻이다.

아직은 아니다

다시 자판을 두드릴 수 있게 되었다. 걸을 때 수술한 부위가 찢어질 듯 아프지만 진통제를 맞고서라도 뭔가를 할 수 있다는 건 큰 위안이다. 잠시나마 집중할 수 있는 것에도 감사하다.

누워서 눈을 감으면, 생각은 이성의 심연 저편으로 사라지고 환상적이지만 허무한 꿈을 꾸게 된다. 자판을 두드릴 때는 생각이 오롯하다. 마음으로 그려낸 자신과 세상과 사물을 적어나간다.

뜨눈으로 지새운 밤. 코드 블루! 코드 블루! 서너 번이 있었다. 감염 병동, 일반 병동, 중환자실 등 여러 곳에서 사람들의 생사가 엇갈리고 있었다. 아직은 어떠한 선고도 내려지지 않았다. 카뮈는 『이방인』에서 인간은 모두 사형수라고 했다. 죽으려면 혹은 살려면 선고해야 하는데, 검사는 진행형이다.

죽어도 되는 나이가 있겠느냐마는 죽어서는 안 되는 때는 있다. 부모보다 먼저 갈 수는 없는 노릇이다. 어제서야 처음 아들 소식을 접한 어머니는 하염없이 눈물만 흘리셨다. 죄송해요, 어머니.

내가 누구인지 알아가고 찾아가는 과정이 스무 살 때까지라면, 옳든 그르든 맞든 틀리든 오십 대까지는 자신이 만들어온 정체성으로 밀고 가야 한다. 책임에서 벗어날 육십 대? 그때가 되면 좌고우면 없이 진짜 자기 자신으로 돌아갈 수 있으리라. 명상, 종교, 취미, 여행 등을 통해서 말이다.

책임이라는 허망한 단어를 위해 잠시 자신을 지우고 지내야 할 시기에 넘어질 수는 있지만 쓰러져 있으면 안 된다.

인생에는 교체 선수가 없다. 백업 선수도 없다. 빨리 일어나야 한다. 털어내야 한다.

여러 사람의 행복을 자신이 쥐고 있을 때가 있다. 어른은 한마디로 책임과 동의어이다. 책임져야 하는 나이는 어른이다. 그때까지는 아파서도 안 된다.

힘내라. 꽃이 지기로서니 바람을 탓하겠느냐마는 아직은 아니다.

인간의 본성은 비교다

인간의 본성은 비교다. 행복해지기 위해 남과 비교하지 말라는 오래된 충고는 그래서 실패다.

차라리 비교해라. 좀 극단적이긴 해도 단 한 가지라도 당신보다 상황이 좋지 않은 사람은 분명히 있다. 당신은 그 사람보다 그 한 가지 면에선 행복할 수 있다. 그걸 행복의 출발점으로 삼으면 된다. 긍정으로의 전환이 중요하기 때문이다.

우리는 무한히 부정의 늪에 빠지는 경향이 있어서 단 하나의 행복을 느끼는 것부터 다시 시작해야 한다. 비교 상대가 없다면 수술로 열다섯 개의 스테이플러 철심이 몸에 박혀 있는 사람을 떠올려보라. 최소한 이 한 가지 점에서는 낫지 않은가?

행복으로의 전환, 그 시발점은 이렇게 작은 것일 수 있다.

아무 죄 없이

죽었다

아무 죄 없이 죽었다. 그날 병실에서 본 어느 짧은 외신 기사였다. 퓨마는 죄 없이 잡혀 와서 동물원에 갇혀 있다 사육사가 그저 실수로 문을 열어놓은 탓에 밖으로 나왔고, 멀리 가지도 않고 사육장 주위를 맴돌다가 마취 총을 맞고 다시 도망, 결국엔 사살되었다.

평소 자폐 증세를 보였다는 말도 있다. 누구나 초원을 누비다 느닷없이 몇 평 안 되는 공간에 갇혀 사육된다면 마음의 문을 닫을 것이다. 맹수의 본능도 지워졌을지 모른다. 확실한 건 그가 아무 죄도 없이 수형 생활을 기한 없이 했다는 것이다.

마취 총을 맞기 직전 배수로에 웅크리고 있던 그는 무슨 생각을 했을까. 푸른 하늘을 보고 자유의 공기를 마시며 행복해 했을까. 아니면 자신을 이렇게 만든 인간들에 대해 복수를 꿈꿨을까. 아니면 반전 없는 운명이라 여기고 그저 받아들이고 있었을까. 차라리 여기서 끝내는 게 좋을지도 모른다고 생각했을까. 고향, 부모, 친구들의 얼굴이 떠올랐을지도 모른다. 이렇게 운명 지운 신을 원망했을지도 모른다. 아니면 이미 용서했을지도 모른다.

윤회가 있다면 바람으로 태어나기를 소원한다. 공기로 태어나 모든 곳에 존재하기를. 혹은 존재하지 않기를. 세상을 살아갈 단 하나의 힘, 단 하나의 의미가 있다면 그것은 자유니까.

이제 이쪽 생의 족쇄에서 풀려났으니 마음 편히 저세상에서 자유를 누리기를. 내가 아픈 것도 내 잘못이 아니듯, 너의 잘못은 하나도 없어. 안녕, 퓨마.

커피, 오랜만이다

커피, 오랜만이다. 얼마 만에 마시는지 기억도 나지 않는다.

몸의 실밥, 아니 스테이플러를 제거하고 카페가 함께 있는 서점에 왔다. 책과 커피는 언제나 어울린다. 강배전된 커피콩을 갈아 뜨거운 스팀으로 내린 에스프레소에 물을 섞어 마시는 아메리카노. 그 단순함이 그리웠다. 잃어버린 일상을 잠시

나마 되찾았다. 소중함을 넘어 감격스러웠다.

각성제 삼아 하루에 대여섯 번의 커피를 전투하듯 들이켰던 때와는 달랐다.

첫 모금. 다시 향을 맡고 색을 보고 거품까지 음미한다. 커피 거품을 자세히 보면 비눗방울 같은 무지개가 보인다. 그게 터질 때 은은한 향기가 폭발한다. 혀끝에 닿자마자 온 감각신경이 집중된다. 마치 이성의 입술에 닿을 때 느껴지는 전기가 흐른다.

잔을 내려놓을 때 생기는 일렁임이 노란 조명에 반사되면서 한적한 가을 바다의 저녁노을이 그러한 것처럼 주위 풍경을 담아낸다. 고독한 미식가가 따로 없다.

두 모금째. 고소한 맛보다 장작 태운 맛으로 시작해 과일의 시큼함으로 마무리되는 흐름을 좋아한다. 한 박자 쉰 향기가 다시 불붙은 모닥불처럼 밀려온다. 들썩인 감동은 익숙한 편안함으로 변모한다. 따뜻해진다.

한낮의 커피는 또 다른 의미였다. 휴식이다가 소화제이다가 대화이기도 했다. 한때 담배의 연기로 숨겼던 한숨은 커피 한 모금으로도 감출 수 있었다. 지금은 그 모든 것이다.

한 모금 더 들이켜니 호접몽에서 깨어나 현실감각을 되찾는다. 카페인의 효과가 이런 거였지.

오늘 나오기로 한 조직 검사 결과가 일주일 더 미뤄졌다는 것이 다시 생각났다. 떼어낸 조직에 염색약을 칠했다고 한다. '특수 염색'이라고 했다. 추가로 오십여 만 원을 납부해야 한다는 사실은 문자메시지로 왔다. 그것이 더 나쁜 상황인지는 설명해 주지 않았다. 그저 지금까지 그래온 것처럼 기다리기만 하라고 한다.

커피 한 잔이 눈앞에 오기까지 참 오래 걸렸지. 당신을 만나기 위해 그렇게 오랜 시간이 걸린 것처럼. 머그잔을 두 손 모아 들어보니 꼭 기도하는 모습을 닮았다.

구글에서 찾아본 특수 염색의 무서운 말은 잠시 잊기로 한다. 단순히 암 여부를 확인하는 정도가 아니라 구체적으로 어떤 암인지 어떤 유전자 돌연변이가 있는지 한 걸음 더 들어간 단계라는 설명 말이다.

직선과
곡선으로
통증을
설명했다

직선과 곡선으로 통증을 설명했다. 천생 문과생에게는 생소한 비유이자 설명법이었다.

"아프세요?"

"네, 아직 아파요."

스테이플러 철심을 뽑고 나서도 계속된 통증에 의사는 수술 통증이 줄어드는 방식을 제법 시간을 들여 설명해주었다. 허공을 칠판 삼아 손가락을 왼쪽 위에서 오른쪽 아래로 그어 내렸다.

"고등학교 수학 시간에 배웠는지 모르겠지만, 원점에 대해서 볼록한 곡선이죠."

아픈 정도가 처음엔 급격하게 줄었다가 시간이 지나면서 감소 폭이 서서히 줄어든다는 얘기다. 한마디로 한 달 넘게 아플 수도 있다는 거다. 어려운 설명이었지만 고개는 끄덕여졌다.

눈을 감고 눈길을 걸어보면, 똑바로 걸었다고 생각했는데 뒤돌아보면 실제 눈에 찍힌 발자국이 어지럽다. 앞으로 간다고 가지만 눈을 떠 뒤돌아보기 전까지는 어떻게 걸어서 어디로 왔는지 알 수 없다. 나름 쉼표를 찍으며 살아왔다고 생각했는데 그저 집과 회사 두 점 사이를 왔다 갔다 한 것 같은 자국만 남아 있다. 『멈추면 비로소 보이는 것들』이라는 어느 스님의 책이 인기 있었던 이유도 알겠다. 나름 노력해 일 년에 한두 번 떠났던 여행이 충분히 쉼표의 역할을 할 줄 알았는데 아니었나 보다.

사실 어느 순간 여행의 매력이 많이 줄어버렸다. 많이 간 것도 있고 체력도 예전 같지 않다는 점도 있겠지만 무엇보다 '나 홀로 여행'을 덜 가게 된 것이 원인인 듯하다. 홀로, 터키 카파도키아의 모래바람을 맞으며, 이탈리아 토스카나의 고속도로를 하염없이 달리며, 파리의 어느 주점에서 와인을 마시며, 사람 없는 도쿄의 뒷골목을 걸으며, 언제나 화두는 '자신'이었다. 모퉁이를 돌면 어떤 풍경이 펼쳐질지 모르는 모호함이 매혹적이었다. 사실 눈앞에 무엇이 있는지는 중요하지 않았다. 고민하고 사색하고 내면에 침잠했다. 그런 여행을 마치고 돌아오면 자신이 조금은 달라져 있었던 것 같다.

함께 하는 여행은 한마디로 일인 경우가 많았다. 안내자, 사진사 또는 신용카드가 되었다. 역할극을 해야 하는 여행에서 '자신'은 없었다.

삶의 큰 변곡점은 꼭 이렇게 아픈 것밖에 될 수 없었을까. 의지를 갖고 쉬고 멈추고 돌아볼 수는 없었을까. 당장 떠날 수 없으니 눈이라도 감아본다. 그럼 혼자가 된다.

수술한 곳이 아파서가 아니다.

다시 사춘기다

다시 사춘기다. 감정이 이유 없이 방향을 잃고 헤맬 때를 사춘기라고 한다면 지금 상황이 그 말로 불러도 될 정도다. '병'이라는 망치가 몸을 한 대 때렸는데 마음조차 흔들린다고 할까.

퇴원 후 주로 집에만 머물다 보니 계속 귀에 이어폰을 꽂게 된다. 온전하게 음악만 들을 수 있는 시간이 주어진 것, 감사하다. 듣다 보니 결국 사춘기 감성으로 돌아간다. 그 후에 나오는 노래도 그 감정의 연장선에 닿은 것만 귀에 앉는다.

마음의 방향이 정해지면 단순해진다. 집중만 하면 되기 때문이다. 그걸 사랑이라고도 부른다. 그러나 인연의 끈이 거기까지라고 운명 지워졌는데 마음의 방향이 계속 한 곳을 가리키면 비극은 시작된다.

사춘기 감성과 닿아 있는 가수 '10cm'의 곡 〈스토커〉가 흘러나오는데 이런 말을 하고 싶은 것같이 느껴졌다.

> 기다리고 있습니다. 거기 있다는 것을 압니다. 보고 있다는 것도 압니다.
>
> 그러나 지구를 도는 달처럼, 태양을 도는 지구처럼 그토록 오랫동안 그 거리입니다. 마주 보고 있어도 언제나 그만큼 떨어져 있습니다.
>
> 운명을 거스르는 일은 힘듭니다. 괴롭습니다. 가위에 눌린 것처럼 발이 잘 떨어지지 않습니다. 그래도 좋습니다.
>
> 오늘 나는 한 걸음 다가갑니다. 당신은 또 물러섭니다. 그래도 좋습니다. 한 걸음 뒤로 갈 때는 그만큼은 온다고 믿기 때문

입니다.

오히려 두렵습니다. 튕겨 나가버릴까, 한 걸음 가면 두 걸음 물러날까 봐 가슴 졸입니다.

거기 있어주세요. 달려갑니다. 항상 온 힘을 다해. 평행세계가 있다면 거기서는 분명 도달할 것을 믿습니다. 만나리라 확신합니다. 여기서의 노력이 거기서는 달성되리라 꿈꿉니다.

시시포스가 바위를 절벽으로 밀어 올리는 심정으로 마음을 밀어 올립니다. 그러니 제발 사라지지 말아주세요. 존재해주세요. 바라보고 있습니다. 기다립니다.

홀로 치병의 길을 간다

일단 혼자다. 치병 방식을 정했다. 삶은 결국 혼자라는 것은 아프면 바로 깨닫게 된다. 외로움으로 치자면 병치레는 일등이다. 그러니까 처음부터 혼자 이겨내리라고 마음먹는 편이 편할 수도 있다.

그럼에도 불구하고 누군가에게 온전히 이해받고 싶은 욕망은 한쪽에서 고드름처럼 자라난다. 반대로 누군가를 전면적으로 이해하고 있느냐고 물으면 할 말은 없어진다. 원초적 불행은 건널 수 없는 강 양쪽에 두 존재가 서 있기 때문이리라.

대화는 이해의 출발이다. 오해의 시작이기도 하다. 상호 이해의 길은 소통의 절대적 시간을 늘리는 일이라고 생각한다. 시간을 들여 오해의 폭과 양을 줄여나가면 납득할 수 있는 여지가 커지기 때문이다.

하지만 누군가를 이해한다고 섣부르게 말하는 것은 오만일 수 있다. 천 일 넘게 이야기를 해도 손톱에 박힌 아주 작은 가시처럼 빼기 어렵지만 무시할 수 없는 고통을 주는 '차이'는 남기 때문이다.

말을 하지 않아도 이해한다는 말은 도박판에서 상대에게 패를 보여주면서도 속이는 타짜의 거짓말에 가깝다. 100을 말하면 120을 알아채야 한다는 뜻이지 0을 말해서는 한 걸음도 상대에게 다가갈 수 없다.

언어학자 소쉬르에 의하면 기표는 기의 앞에서 끊임없이 미끄러진다는데, 한 사람은 타자 앞에서 끊임없이 미끄러지고 있다. 참을 수 없는 존재의 가벼움은 타자에 대한 이해 불가능성에서 출발한다.

'나는 당신을 사랑합니다'라는 말이 난제인 것도 여기서 출발한다.

홀로 사랑이라는 단어를 쓰면 아가페적인 사랑부터 어머니의 사랑, 에로스적인 사랑, 인류애적인 사랑, 우정의 다른 모습으로서의 사랑 등 다양한 모습이 가능태로 떠오른다.

그런데 '당신을'이라는 목적어를 쓰는 순간 타자가 확정되고 열정이 불타기 시작하며 애달파지고 간절해지고 아프기 시작한다. 그런데 사랑이 이해는 아니다. 이해 못 해도 사랑할 수 있고 이해해도 사랑하지 않을 수 있다.

또한 '나는'이라는 주어에서 '는'이라는 대조 보조사의 특성이 불안을 만든다. 주격조사가 붙은 '내가'와는 차원이 다르다. 바로 상대의 마음은 어떠할까 하는 의문이 생긴다. 나는 사랑하는데 너는 사랑하지 않을 수 있다라는 말이 나올 수 있기 때문이다.

또 다른 제삼자가 등장하면 어떠한가.

그도 너를 사랑한다는 말이 이어지면 상황은 복잡해진다.

소설을 길게 쓰고 싶으면 등장인물을 한 명씩 추가하면 된다고 한다.

일본의 소설가 무라카미 하루키는 『1Q84』에서 아오마메와 덴고 두 명의 이야기로 끌고 나가다가 3권 앞뒤로 독자들을 짜증(?) 나게 하는 우시카와라는 한 명의 인물을 추가해 분량을 엄청나게 늘렸다.

서술어 자체로도 문제다.

'사랑합니다'라는 말은 독백일 수도 고백일 수도 있다. 질문일 수도 있다. 상대는 행복해질 수도 불행해질 수도 있다. 관계가 시작될 수도 끝나버릴 수도 있다. 동사는 그래서 무게가 있다. 다음 장면이 필연적으로 만들어지기 때문이다.

말을 내뱉으면 말이 세상으로 나오면서 일정 공간을 차지하게 된다. 그럼으로써 살아 있는 존재가 된다. 스스로 행동한다. 일종의 나비효과를 만들어낸다. 말하는 대로 이루어진다거나 기도의 힘이라거나 자기 암시가 가장 필요하다는 것도 이 같은 이유이다.

'나는 당신을 사랑합니다'라는 말이 가슴속에 있을 때와는 다르다. 일단 독백으로 내뱉으면 각오가 될 수 있다. 상대에게 직접 말하면 바로 역사의 한 사건이 된다.

의심이 든다면 지금 누군가에 말해보라. '나는 당신을 사랑합니다'라고. 사랑한다고 말해도 이해에는 여전히 빈 공간이 있다. 사랑한다는 말은 선언이고 이해한다는 말은 주장이다.

이해는 영원히 채워지지 않는 구멍 뚫린 항아리다. 이러한 불완전성에 홀로 치병의 길을 가겠다고 마음먹었지만 마음은 비 한 방울 내리지 않는 사막이다.

무소의 뿔은 아니지만 이번 병은 일단 혼자 이겨내 보기로 한다. 이해는 다음 기회로 넘긴다.

너

왜

아프고

그러니

"너 왜 아프고 그러니."

국제전화가 왔다. 아들이 아프다는 말을 들으신 팔순이 다 된 아버지는 이 한 문장을 오랜 침묵 끝에 말씀하셨다.

아픈 것은 실패가 아니다

아픈 것은 실패가 아니다. 의도한 바가 아니기 때문이다. 하지만 건강을 유지하지 못했다는 점에서 실패라 불러도 좋다.

세상에 완벽한 사람은 없다. 단 한 명도 존재한 적이 없다. 병과 실패는 당연히 겪는 일이다. 아무도 돌을 던지지 않는다. 우린 신이 아니다. 모든 것은 잊혀진다. 성공도 망각된다.

한바탕 울고 잠깐 숨을 돌리며 쉬었다가 어렵지만 다시 걸으면 된다. 죽음 앞에는 성공한 삶도 실패한 삶도 없다. 살아온 삶만 있을 뿐이다.

우린 모두 죽는다. 따라서 성공과 실패에 너무 기뻐하거나 슬퍼하지 말자. 행복은 그 순간뿐이다. 행복이 수일 아니 몇 시간이라도 지속된다면 마약을 했거나 미쳤거나 속고 있다고 보면 된다. 경계의 대상이다. 오히려 주의해야 한다.

오늘의 아픔도 같은 이유로 단지 있을 수 있는 일이 일어난 것뿐이다. 결코 운이 없거나 누군가 저주해서 그런 게 아니다.

해 질 녘 노을은 구름이 있어도 없어도 찬란하다. 오늘 저녁처럼 말이다.

당신은 암입니다

'당신은 암입니다.' 이 말을 직접 들을 용기가 나지 않았다. 그래서 아침에 제주도로 도망갔다. 조직 검사 결과는 보호자만 와서 들어도 된다고 했다. 겁쟁이였다. 직감에 둔감했지만 이번에는 느낌이 달랐다. 조직 특수 염색이라는 것은 암의 유전자 돌연변이를 확인하는 단계임이 다시 떠올랐다.

바닷바람을 맞으며 건축가 안도 다다오의 유민미술관을 보고 또 걸었다. 걷고 또 보았다. 자연을 해치지 않는 특유의 미로 같은 건축물 사이로 변화에 민감한 듯 구름은 모양을 이리저리 바꾸고 비를 뿌렸다가 맑은 하늘을 보여주었다.

벽이 있되 벽이 없고 창이 있되 창이 없는 듯한 다다오의 건축물 사이로 보이는 남색 빛의 섭지코지는 바람이 부는 만큼의 파도를 내뱉고 있었다. 포말의 일렁임은 심장 소리와도 닮아 있었다. 오르락내리락하다 모였다 부서지기를 반복했다. 휴대전화로 기념사진을 찍는 젊은 영혼들의 표정은 언제나처럼 맑아 보였다.

지인에게 아주 조용한 게스트하우스를 추천해달라고 했다. 지금 있는 곳에서 정반대편에 차로 한 시간 넘게 걸리는 협재 해변 쪽이었지만 위치상 한라산에 더 가까운 곳으로 이름은 '반하다'였다. 주변에 밥집도 가게도 아무것도 없어 내게 필요한 고요함이 있는 곳이었다.

게스트하우스까지 가는 길에 결국 아내에게서 전화가 왔다. 차를 도로변에 세웠다. 암이라는 말을 전하는 목소리에는 떨림보다 당혹감이 묻어 있었다. 알았노라고 가능한 빨리 올라가겠노라고 짧게 답하고 전화를 끊었다.

하루 종일 머리가 빈 적이 없었지만 다시금 복잡해졌다. 암일 수 있다고 생각했지만 혈액암의 일종인 림프종이라는 것은 예상 밖이었다. 수술로 종양을 제거했기에 내심 다 끝날 것을 기대했기 때문이다.

다시 운전대를 잡았다. 아직 갈 길이 남아 있다. 비는 여전히 오락가락했다. 숙소에 도착했을 때는 구름이 많이 걷히면서 가녀린 별빛이 하늘에 가득했다. 9월의 끝자락치고는 밤바람이 아주 차가웠다.

시인 박준의 산문집 『운다고 달라지는 일은 아무것도 없겠지만』이 떠올랐다.

아는 이 하나 없는 곳에서 오래 침묵했고
과거를 말하지 않아도 되는 것에 조금 안도했습니다.

「그해 협재」의 전문이다.

시끌벅적한 파티 같은 것이 없는 게스트하우스였기에 과거든 현재든 아무것도 말하지 않아도 됐지만, 마음속의 나는 끊임없이 말을 걸어왔다. 아니 소리치고 있었다.

다 끝나기는커녕 제대로 다시 시작이라니. 그렇게 항생제가 듣지 않은 원인이 결국 암이라니. 그것도 피가, 림프가. 원인도 없고 조기 검진법도 없다는 급성 공격형 림프종 혈액암. 미만성 거대 B세포 림프종(DLBCL)이라는 긴 외계어가 최종 진단명이다. 제길.

3부

죽기 좋은 날은 없다

바로 서울로 소환됐다

바로 서울로 소환됐다. 혈액종양학과 진료실을 찾았다. 새로운 주치의가 생겼다.

"검사를 더 해봐야겠지만 일단 림프절 밖의 몸에 전이가 된 것이기 때문에 4기로 볼 수 있습니다. CT를 다시 검토해보니 복부 대동맥 주변에 종양이 더 있습니다. 바로 치료에 들어가지 않으면 내년을 볼 수 없을지도 모릅니다. 입원장을 내겠습니다. PET-CT와 골수 검사로 더 전이된 곳이 없는지 살펴볼 예정입니다."

숨도 쉬지 않고 주치의는 빠르게 알 수 없는 말을 내뱉었다. 잠깐. 내년을 볼 수 없다는 것은 무엇을 의미하는가. 암이어도 수술로 제거하면 끝나는 것 아니었나.

"하나만 여쭙겠습니다. 왜 이 병에 걸렸을까요?"

시종 진지한 표정의 주치의는 처음으로 의미를 알 수 없지만 죄책감을 덜어주려는 듯 미소를 지었다.

"아직까지 밝혀진 것이 없습니다. 림프종의 원인을 알아낸다면 그 사람은 노벨상을 받을 것입니다."

진료실을 나와 휴대전화를 꺼내 검색에 들어갔다.

림프종은 몸의 면역세포인 림프구가 암이 된 것이다. 크게 호지킨 림프종과 호지킨이 아닌 림프종, 즉 비호지킨 림프종으로 나뉜다. 비호지킨 림프종은 다시 B세포 계열과 T세포 계열로 구분한다. 호지킨은 림프종을 처음 발견한 영국인 의사의 이름이다.

대한암협회 홈페이지에는 "비호지킨 림프종은 온몸에 나타나고 종양이 어디로 진행될지 예측하기 어려우며 적절한 치료를 받지 않으면 수개월 내에 사망에 이르는 치명적인 질환이다"라고 씌어 있다.

비호지킨 림프종은 악성도에 따라 저등급, 중등급, 고등급 림프종으로 나뉘는데 미만성 거대 B세포 림프종(DLBCL)은 중등급에 해당한다. 소포성(여포성) 림프종은 저등급, NK/T세포 림프종과 버킷림프종은 상대적으로 고등급에 속한다. 소포성 림프종은 1, 2기에는 치료 없이 관찰만 할 정도로 순한 암이지만 중등급부터는 즉각 항암 치료가 필요하다.

다시 대한암협회의 자료를 보면 "우리나라에 가장 흔한 중등급 림프종은 항암 치료를 하지 않으면 수개월 내에 사망하나 제대로 항암제 치료를 받으면 생존 기간이 연장되면서 절반의 환자는 장기 생존(완치)이 가능하다. 악성도가 높은 고등급 림프종은 급성 백혈병과 유사한 경과를 보이는데 적극적인 항암제 치료가 추천된다"라고 되어 있다.

여기까지 읽으니 소름이 돋았다. 주치의의 말이 겁주기 위한 빈말이 아니었다. 암으로 인한 사망률 기준으로 10대 암에 포함돼 있다는 부분부터는 더는 읽기 싫어졌다. 갑자기 죽을 수도 있다는 선언을 들은 것이다. 항암 치료를 받지 않는다면 말이다.

운 좋게 바로 입원실을 배정받았고 환자복으로 갈아입었다. 이후의 검사는 일사천리로 진행되었다. 다음은 공포의 골수 검사가 기다리고 있었다.

뼈는 마취가 되지 않는다

뼈는 마취가 되지 않는다. 뼈 깊은 곳까지 신경이 이어져 있지는 않으니 당연한 말인데 두려운 말이기도 했다. DLBCL 같은 공격형 림프종은 빠르게 온몸으로 번지는데 뼈는 물론 뇌까지 가리지 않는다. 골수에 침범하면 치료도 어렵고 예후가 나쁘다.

바로 골수 검사에 들어갔다. 엉덩이와 척추 사이의 뼈에 구멍을 내서 검사한다. 먼저 검사실에 들어간 어떤 아저씨는 나올 때까지 동물이 울부짖는 소리를 냈다. 들어가서 물어볼 필요도 없었지만, 그래도 물었다.

"많이 아픈가요?"

"아프지 않다고 말씀드릴 수가 없습니다. 마취 좀 하겠습니다. 그런데 뼈는 마취가 되지 않습니다."

여기까지 듣고서 입을 닫고 이를 악물었다.

"바늘 들어갑니다."

반사적으로 눈물이 났다. 손에는 힘이 잔뜩 들어갔고 온몸에 식은땀이 흘렀다. 하나, 둘, 셋, 넷……. 골수 채취량을 뜻하는 것 같았다. 지옥으로 빨려 들어가는 느낌이다. 아주 천천히. 지속해서 끌어당기는 모래 지옥.

"다 됐습니다. 이제 다음 쪽입니다."

젠장, 속으로 욕이 절로 나왔다. 다른 사람은 한 곳을 뚫는데 두 곳이라니. 왜 그런지 물을 겨를도 없이 바로 바늘이 들어왔다. 하늘이 빙빙 돌고, 최대한 참았지만 아~ 하는 신음이 역시 반사적으로 터져 나왔다.

"참을 만하셨어요?"

"으으으, 네."

"거짓말하는 게 다 보입니다. 크크."

이 의사는 아침부터 계속 골수 검사만 했음이 분명했다. 웃으면서 긴장을 풀어주려고 한 마음이 전해졌다. 뼈에 구멍이 뚫렸기에 지혈 시간만 최소 두 시간이다. 모래주머니를 깔고 누웠다. 다음 날 아침 주치의의 회진.

"골수 예비 검사에서 골수 전이는 안 보였어요. 하지만 최종 확정 결과는 삼 주 뒤에 나옵니다. 결과가 나오기 전이지만 척수 검사와 척수 항암제를 투여하겠습니다."

골수 검사하느라 엉덩이뼈에 구멍을 뚫었는데 또 척추에 구멍을 뚫어야 한다는 설명이었다. 워낙 공격적인 암이라 최대한 보수적으로 접근해야 한다고 강조했다.

"척수 전이를 막기 위해 예방적 차원에서 항암제를 투여하는 것입니다. 골수, 척수 침입은 치명적이거든요."

자세한데다 설득되는 설명에 아무 말도 할 수 없었다. 다만 고통이 예정돼 있다는 말에 힘이 쭉 빠졌다. 심지어 골수와 척수 검사 사이에 첫 항암 치료도 예정돼 있다. 항암도 해야 하고 그 부작용도 익히 듣고 봐서 떨리는데 하나 더 추가되었다. 마음이 무거웠다. 역시 갈 길이 멀다.

제주에 내린 비가 그대로 서울 병실까지 이어졌는지 계속해서 비가 내리고 있었다. 올해의 기록적인 무더위는 어디로 갔는지, 쌀쌀한 가을이 이른 겨울을 예비하는 듯했다.

남은 해의 나머지는 이렇게 지워지겠지. 모두 함께 소멸해 가는 걸까. 사람들의 기억 속에서, 사람들의 일상 속에서. 영상 편집 용어로 말하자면 화면이 겹쳐서 다음 화면으로 넘어가는 '디졸브'의 삶에서 천천히 검은 화면으로 끝나는 '페이드아웃'으로 가는 느낌이었다.

항암 치료가 시작되었다

항암제가 몸으로 들어왔다. 처음은 언제나 두렵다. 그리고 결코 권할 수 없는 경험이다.

미만성 거대 B세포 림프종에는 1세대 세포독성 항암제(CHOP)와 2세대 표적 항암제(R)를 함께 쓴다. CHOP 항암요법은 사이클로포스파마이드, 하이드록시독소루비신, 온

코빈-빈크리스틴 등 세 가지 항암제와 스테로이드인 프레드니솔론을 사용한다. 여기에 표적 항암제인 리툭시맙을 더해 R-CHOP라 부른다.

리툭시맙은 암으로 변한 B세포에 발현된 CD20 항원을 표적으로 한다. 암세포는 정상 세포인 척해 면역 세포의 공격을 피하는 게 주요 특징인데 리툭시맙은 몸의 면역 체계가 암으로 변한 B세포를 공격할 수 있도록 해준다.

세포독성 항암제는 암세포의 분열 주기가 빠른 것을 이용해 방해함으로써 암세포를 손상시킨다. 이 때문에 정상 세포도 분열 주기가 빠르면 공격을 당하게 된다. 머리카락이나 위장관의 상피 세포 등이 피해를 보기 때문에 탈모나 구토 같은 부작용이 뒤따르게 된다. 혈액 세포를 만드는 골수도 타격을 입어 백혈구, 특히 호중구의 수치가 줄면서 폐렴 등 감염에 취약하게 된다.

리툭시맙은 정상 B세포도 공격하지만, B세포의 줄기세포는 CD20이 없어 치료 뒤 다시 건강한 B세포를 만들 수 있게 한다. 그럼에도 불구하고 주사를 맞을 때 홍조, 발진, 발열, 경직, 오한, 호흡 곤란 등 가벼운 부작용과 기관지 경련, 심한 저

혈압, 심장 장애, 아나필락시스 등 심각한 부작용을 일으킨다.

세포독성 항암제는 혈관 밖으로 새어 나가면 조직 괴사 등의 부작용을 일으키기 때문에 오른쪽 가슴에 '케모포트'라고 불리는 5백 원짜리 동전만 한 중심정맥관을 심고 항암 치료를 받았다. 가슴에 문을 단 것이다.

케모포트를 심는 것도 수술이라면 수술이었다. 부분 마취만 하고 진행되었기 때문에 통증은 느낄 수 없었지만, 가슴의 피부가 썰리는 느낌과 혈관을 당기고 묶는 물리적 느낌은 그대로 느껴졌다. 케모포트 시술은 오전에 20분도 안 걸렸다.

오후에 바로 1차 항암이 시작되었다. 부작용을 방지하기 위해 30분 전 해열제와 항히스타민제를 미리 먹었다. 오른쪽 가슴 포트에 따끔한 통증과 함께 주삿바늘이 찔리고 이어 첫 번째 약물인 리툭시맙이 혈관을 타고 들어왔다.

불과 5분도 안 돼 즉각적인 부작용이 시작되었다. 숨이 가빠졌다. 얼굴은 빨개졌다. 혈압은 떨어졌다. 머리부터 발끝까지 붉은 반점이 일어나기 시작했다. 아나필락시스, 즉 전신 알레르기 반응이다. 쇼크다. 정신이 아득해졌다. 삐~.

순간 정신을 잃었다

순간 정신을 잃었다. 아주 짧은 꿈을 꾸었다. 세상이 하얀 필터를 먹인 듯 뽀얗게 밝아졌다. 오래된 필름이 슬라이드처럼 지나갔다.

대학 1학년 때 수업을 빼먹고 아침부터 학교 잔디밭에 앉아 막걸리를 마시던 장면이 먼저 지나갔다. 봄날이었고 따뜻했다.

자유롭고 포근하고 행복했다.

미국 필라델피아에서 보냈던 여름밤의 불꽃놀이도 눈앞에 재현되었다. 런던 하이드파크의 거위도 등장했다.

정확히는 기억나지 않지만 모두 행복한 기억뿐이었다. 천국이 이런 곳이라면 당장이라도 가고 싶었다. 불과 몇 장면 지나가기도 전에 깨어났다.

간호사가 소리치고 있었고 레지던트는 아드레날린을 주사했다. 쇼크는 진정되었고 항암제 주입 속도는 거기서 더 늘어나지 못했다.

보통 두 시간이면 맞는 리툭시맙 항암제를 주입 부작용 때문에 다섯 시간에 걸쳐서 맞아야 했다. 네 개의 항암 주사를 다 맞으니 오후 한 시를 가리킨 시계가 밤 열한 시를 향하고 있었다. 그리고 밤새 이어진 구토 증세. 진경제, 진정제, 수면제까지 처방받아 몸에 넣었다.

첫 항암이라 더 두려웠을 수도 있다. 무엇이든지 처음은 떨리지만 목숨 걸고 하는 일이 처음인 경우는 흔치 않다. 바로 다음 날에 하기로 한 척수 항암제 투여는 몸 상태 등을 고려해 며칠 뒤로 미뤄졌다.

그사이 골수 검사 결과가 나왔다. 암세포 전이는 발견되지 않았다. 사타구니 쪽 종양은 수술로 제거되었기에 신장 뒤 대동맥 쪽에 전이된 암만 항암제로 크기를 줄여나가면 되는 상황이다.

주치의는 척수에 MTX(methotrexate, 메토트렉세이트) 항암제를 투여하는 예방적 항암을 강조했다. 뇌나 척수 등 신경계 전이 위험이 상존하기 때문이다.

고통은 적응이 되는 걸까, 적응되지 않는 걸까.

토·일요일을 입원실 침대에서 뒹굴다 골수 검사 때 겪었던 모래 지옥을 떠올리며 다시 '롱 카트'에 실려 척수 항암을 위해 혈관조영실로 갔다. 몸을 새우처럼 구부리면, 초음파로 척수의 위치를 확인한 다음 먼저 검사용으로 척수를 조금 빼내고 다음으로 항암제를 척수에 넣는다.

골수 검사보다 상대적으로 수월했지만 척추에 바늘이 들어가는 느낌만큼은 아무래도 불편했다. 검사 후 척수가 새서 뇌나 신경으로 흘러 들어가면 치명적인 두통이 올 수 있다는 이유로 네 시간 동안 베개 없이 일자로 누워 있는 게 오히려 힘들었다. 소변도 몸만 잠깐 돌려 통에 봐야 했다.

일주일간의 입원 내내 새벽 네 시에는 어김없이 백혈구 수치 등을 재기 위해 피를 뽑았다. 케모포트에서 피가 잘 뽑히지 않는 날이 있었다. 그럴 때는 팔이 또 희생했다.

척수 검사 결과는 일주일 후에 나온다. 앞으로 추가로 다섯 차례의 항암을 삼 주 간격으로 받는다는 치료 계획이 세워졌다. 세 번 하고 PET-CT 등을 통해 중간 경과도 확인한다.

산다는 게, 참 모질다. 그래도 치료약이 있고 치료받고 있다는 것, 그것만으로도 감사하다. 모두에게 감사하면서 살 일만 남았다. 빚만 지고 산다.

꿈을 꾸는 몸도 싸웠을까?

꿈을 꾸는 몸도 싸웠을까? 암과 항암제 사이에서 말이다. 저녁 여덟 시, 병실에서 종일 아무것도 한 게 없는데 이상하게 피로가 몰려와 쓰러지듯 자기 시작했다.

계속되는 악몽. 조종사가 되어 시내에서 전투를 벌이기도 하고, 이상한 나라에 가서 『오즈의 마법사』의 도로시처럼 헤

매기도 했다.

특이한 건 롤 플레잉 게임을 하듯 의지를 갖고 꿈의 시나리오를 계속해서 고쳐서 다시 꿈을 꿔갔다는 것. 그러기를 서너 시간, 중간에 두세 번 깨고 다시 잠들기를 반복했다.

투병 이후 이렇게 앓아보기는 처음이다. 자면서 꿈꾸면서 몸에 통증이 실시간으로 전해졌다. 감기 때 느낀 몸살의 열 배쯤은 되었다.

끙끙거렸다.

아예 잠과 꿈의 경계에서 깨면 좀 나을 것 같은데 가위눌린 듯 계속 짓눌렸다. 이미 육포처럼 말라비틀어진 몸뚱이를 또 몽둥이로 구석구석 쉴 새 없이 때리는 것 같았다. 꿈에서 아픈 게 아니라 꿈을 꾸는 몸이 아팠다.

자정이 넘어서야 정신이 들었다. 그러면서 터져 나온 생각.

살아야지. 살아야겠다.

역시 처음이다. 암 선고를 받고 생의 의지를 강렬하게 느낀 것은.

그래 살아야지. 그게 전부지.

그리고 울컥했는데 눈물은 나오지 않았다. 투병 이후 아직 한 번도 울지 않았다. 억울하지 않다. 원망스럽지 않다. 그저 가족과 주변에 미안할 따름이다.

분 단위로 초 단위로 느껴진 초가을의 하룻밤은 그렇게 지나갔고, 다시 잠 못 드는 새벽까지 빗방울 소리가 창을 연신 두드렸다.

결국 수면제를 추가로 요청했다.

6개월을 선고받았다

일주일 만에 퇴원했다. 한 달 사이에 응급실행 두 번, 입원 세 번, 수술 한 번, 항암 치료 한 번. 한국의 가을만큼이나 이 모든 것이 빨리 진행되었다. 삼 주 뒤 2차 항암을 위해 또 입원한다. 이번 퇴원은 외출 혹은 외박이라 해도 될 듯하다.

병원 안과 밖의 물리적 경계는 문 하나지만 심리적·의학적

두께는 베를린 장벽, 만리장성이다. 햇빛도 두려웠다. 몸이 타버리는 것은 아닐까. 저 사람들 사이로 걸어 다녀도 되는 걸까. 누가 신고하지 않을까.

거울을 아무리 봐도 적응되지 않는 낯선 모자를 깊이 눌러 썼다. 머리는 항암을 시작하기 전에 깨끗하게 밀었다. 1차 항암 직후가 아니더라도 결국은 머리카락이 다 빠지게 된다고 간호사가 말해주었다.

병원 지하에 이발소가 있다. 많은 수의 환자가 그곳에서 머리를 깎는다. 이발사는 무표정했다. 아무것도 묻지 않았다. 요즘 택시 운전사가 손님에게 말을 걸지 않는 것이 암묵적인 규칙으로 정착해나가고 있다. 이미 병원 이발소는 한참 전에 그 규칙이 정립된 듯하다.

한 올의 머리카락도 없는 것은 태어나고 나서 처음이었다. 태어났을 때도 머리카락이 좀 있었다. 나중에 보니 빠지는 것은 머리카락만이 아니었다. 눈썹부터 코털, 겨드랑이 털까지 온몸의 털이란 털은 다 빠지는 경험을 했다. 손톱도 빠질 수 있다는데 다행히 검은 줄만 갔고 빠지지는 않았다. 항암 후유증 중에 탈모는 가장 가벼운 편에 속한다. 구내염, 구역, 변비가 가장 힘들다. 그런데도 상실감은 머리카락이 가장 컸다. 암 환자라고 종이에 적어 머리에 붙이고 있는 것 같았다.

암 환자의 가장 큰 문제 중 하나는 사회적 낙인이다. 그런데 회사는 암 환자인 나를 내치지 않았다. 회사의 배려는 백 번 천 번 고마운 일이다. 그러나 이제 제대로 된 일을 맡기는 힘들다. 재발 확률이 너무 높다. 통계는 통계일 뿐이라고 무시할 수만은 없다.

CT상에 암이 보이지 않는 상태를 '관해寬解'라고 한다. 관해를 5년간 유지하면 '완치'라고 부른다. 미만성 거대 B세포 림프종의 경우 재발할 사람은 2년 이내에 다 재발한다고 한다. 그렇다고 2년이 지나서 재발하지 않는 것도 아니다. 불안의 감옥 속에 갇혀서 지내야 한다. 그러니 제대로 일을 할 수 있을 리가 없다. 사회적 낙인보다 개인적 불안이 더 힘든 이유다.

살아 있는 것보다 더 나은 가치는 존재하지 않는다. 당장 관해까지의 길도 멀다. 치료될지 안 될지는 주치의도 나도 아무도 모른다. 신만이 알 것이다. 그때까지 견디고 살아내야 한다.

6개월의 생존을 선고받았기에 가을이 가고 겨울이 오는 당연합이 다르게, 새롭게 보였다. 봄이 오면 민둥산에 다시 잔디가 나듯 머리카락이 돌아올까. 그리고 다시 일을 할 수 있게 될까. 비니를 더욱 깊게 눌러쓰고 집으로 향했다.

아버지께서 귀국하셨다

아버지께서 귀국하셨다. 당신께서는 전립선암 치료를 받고 나서는 겨울이면 추워서 소변보기가 불편해 따뜻한 곳인 필리핀에서 지내셨다. 아들 집에 오는 것은 아주 오래간만이었다.

처음 아들을 보고, 짧은 머리를 보고, 아무 말 없이 손을 꼭 잡아주셨다. 꽤 오랫동안. 거친 손은 따뜻했다. 얼마 만에 잡아보는 손인지 모르겠다. 미리 아버지께 귀띔하셨던 어머니가 또 다시 눈물을 보이셨다. 그래도 첫 항암을 끝내고 집에서 뵐 수 있어서 그나마 다행이다. 병실에서 만났으면 더 충격을 드렸을 것 같다.

"다섯 번만 더 맞으면 돼요. 삼 주마다 영양제 맞는 거라고 생각해요."

최대한 밝게 설명했다. 골수 검수나 척수 항암 등 어려운 말과 5년 생존율이나 재발률 등 나쁜 가정은 아예 입을 닫았다.

"무조건 나을 거예요. 걱정하지 마세요."

별말씀 없다가 당신께서 죄가 커 아들이 그런 것 같다고 탄식하시기에 전혀 아니라고 그런 말 하지 마시라고 단호히 잘라 말했다. 별다른 원인도 조기 검진법도 없고 사망자 기준으로 국내 10대 암인 나름 흔한 병이어서 치료제도 많다고 약간의 과장을 보태 설명해드렸다. 혹시 재발해도 조혈모세포 이식이라는 방법도 남아 있다고 강조했다.

"의사가 기분 좋으라고 말한 거겠지" 하고 말을 흐리셨다.

역시 자식이 나이 많은 부모 앞에서 아픈 건 큰 죄를 짓는 거였다. 불효자. 효도는 못할망정.

지구는 내일 멸망하지 않을 것이다

지구는 내일 멸망하지 않을 것이다. 스피노자는 아니지만 그럼에도 불구하고 나무를 심기는 심어야겠는데 무엇을 어디에 얼마나 심어야 할지 모르겠다. 슈뢰딩거의 고양이와 같은 불확실성에 빠져 있기 때문이다.

이 검은 겉옷도, 억제할 수 없는 한숨도, 눈에 흐르는 강물과 같은 눈물도, 낙담한 얼굴 모습도, 슬픔의 모든 형식과 자태와 외양도 나의 진심을 나타낼 수 없다.

햄릿의 대사 그대로의 상태다. 햄릿은 겉으로 보일 수 없는 것을 마음속에 지니고 있다고 했지만, 그곳에 정작 아무것도 없다면 자신도 읽어낼 수 없다.

암에 걸리고 현재와 미래가 동시에 사라졌다. 처음부터 다시 그려야 한다.

미래의 자신이 현재의 자신을 저 책장 너머에서 바라본다면 뭐라고 말을 걸까. 술 덜 마시고 더 착하게 살라고 할까. 아니면 더 막살라고 할까. 일은 그만하고 산으로 들어가라고 할까. 아니면 아무 일도 없었던 것처럼 회사로 돌아가라고 할까.

어떤 말을 하건 결국 그 말은 전달되지 않을 것이다. 가장 쉬운 방편은 살던 대로 계속 사는 것이다.

실제로 투병하는 오늘도 내일도 그저 살던 대로 살 것만 같다. 비니 쓰고 마스크 하고 밤손님처럼 나와 보았다. 항암 후 열흘이 지나면 제법 기운을 차리게 된다. 백혈구 중 호중구의 수치는 21일 주기로 봤을 때 10일경에 최하를 찍었다가 점차 회복된다. 그래서 삼 주마다 항암을 하는 것이다. 그런데 워낙 센 세포독성 항암을 하고 있는지라 백혈구 생성 촉진제(뉴라스타, 그라신 등)를 맞고 퇴원했다. 골수에 있는 조혈모세포를 자극해 백혈구의 생성과 분화를 촉진하는 기전이다.

하지만 어디로 갈지 모르겠다. 한강 공원? 아니면 서점? 당장 이런 것에도 결정 장애를 일으킬 정도로 마음이 갈피를 잡지 못하고 있다.

1982년 영화 〈블레이드 러너〉에서 형사 개프는 해리슨 포드(데커드 역)에게 데커드의 꿈에 나왔던 유니콘을 접어주며 그도 복제품임을 암시했다. 안드로이드, 즉 리플리컨트인 숀 영(레이첼 역)에 대해 개프는 "그 여자 죽게 돼서 안됐어. 누구는 안 그러겠나"라고 마지막 말을 남긴다.

결국 유니콘은 희망과 절망 어느 쪽을 상징하는 것이었을까. 유니콘이 되어 깨지 않는 꿈속에서 헤매고 싶다. 이 모든 게 그냥 꿈이고 싶다.

아니다. 더 강렬한 바람이 있다. "그 모든 것이 곧, 흔적 없이 사라지겠지. 빗속에 흐르는 내 눈물처럼. 이제, 죽을 시간이다

(Time to die).” 리플리컨트인 룻거 하우어(로이 역)의 대사를 이제 ‘살 시간(Time to live)’으로 바꾸는 것이다. 지구는 그리고 삶은 그렇게 쉽게 멸망하지 않으리라 믿기 때문이다.

그래서 어디로 갔느냐고? 생각의 무게를 이기지 못하고 결국 집으로 돌아갔다. 마음만 우주전쟁 중이다.

미쳐가는 건가

어지럽다. 살면서 어지러움을 느껴본 적이 없는데 뭐든 처음 경험하는 것은 어렵다. 항암제가 독하긴 하다. 하늘이 빙 돈다는 게 이런 느낌이구나. 땅을 보면 고꾸라질 것 같은 게 이런 거구나. 소주 두 병쯤 마신 상태라고나 할까.

거기에 마음도 어지럽다. 몸살을 계속 앓고 있는 느낌에다 악몽 없이 지나가는 날이 없다. 지금도 이러한데 항암을 거듭할수록 힘들어진다고 한다. 그건 역시 그때 가서 겪어봐야 짐작할 수 있겠다.

24시간 내내 아픈 상황은 아니다. 항암 후 닷새쯤 지나니 한 번 몰아친 아픔이 시간이 지날수록 진폭은 작아지고 간격은 길어졌다.

그사이 남는 시간에 뭘 할지 고민도 생겼다. 책을 읽어본다. 10분 정도 집중할 수 있었다. 걸어본다. 20분 걷고 와서 두 시간 내리 잤다. 짧아진 체력. 악몽은 친구. 이번에는 운전. 한번은 꽤 오랜 시간 드라이브를 했는데 허리가 아파왔다. 휴대전화로 드라마 보기. 집중력은 15분에 그쳤다. 여행. 며칠 뒤면 2차 항암이라 먼 여행은 체력적으로도 어렵고, 감염 위험 때문에 간호사도 말렸다.

결국 아무것도 하지 못하고 시간이 갈 것 같다.

올해 남은 날은 『이상한 나라의 앨리스』에 나오는 토끼 굴로 빠져버릴 일뿐이다. 나쁜 암. 그렇다고 사람을 만날 용기는 안 난다. 일단 몸 앞뒤로 많은 구멍을 냈고, 약이 약을 부른다고 항암에 이어 항암 부작용을 줄이는 수많은 약을 몸에 넣다 보니 몸이 띵띵 부어 있다.

빈크리스틴이라는 항암제의 부작용으로 이 주 뒤면 탈모가 온다고 했는데, 정말 이 주가 지나자 미리 잘라내 3~4밀리미터밖에 안 되는 머리카락이 손바닥으로 한번 쓸어내자 후드득 가을바람에 나뭇잎 떨어지듯이 쏟아졌다. 눈썹도 빠지면서 눈을 찔러대 불편하다.

한마디로 못생겨졌다. 생각도 못생겨졌다.

이 아픔을 좋아할 사람도 있겠지. 잘난 척하더니 꼴좋다고 비웃는 사람도 있겠지. 뭐 했다고 팀장씩이나 하느냐는 사람도 있었으니 인과응보라고 고소해하는 이도 있겠지. 이렇게 못난 생각까지 든다. 억울한 기분은 말해 뭣하랴. 뭘 그렇게 잘못했다고 이런 벌을 받는 거야. 훨씬 못된 사람들도 저리 뻔뻔하게 잘 사는데, 왜 쓰러진 거야. 역시 나쁜 생각이 스멀스멀 기어 나온다.

그저 미천한 생명이라 어쩔 수 없는 건가. 멍하다 보면 이런 저런 잡생각이 올라오고, 가족과 응원해주는 동료 친구들에게 너무 미안한 생각까지 들고, 울컥해졌다 힘이 빠졌다가 아주 난리다. 머리가 어지러운 게 약 때문인지 이런 하염없는 잡념 때문인지 헷갈리기까지 한다.

다 미웠다가 다 사랑스럽다가, 미쳐가는 건가.

사람을 찾게 됐다

사람을 찾게 됐다. 정확하게는 사람 소식이다. 인터넷 카페부터 블로그까지.

왜 환우라는 말이 생겼는지 이해가 간다. 아픔을 '나눈다'라는 말도 마음으로 느껴진다. 묻고 싶은 것도 많지만 의사는 멀다. 부정확할 수 있는 정보라도 나눌 수 있는 게 힘이 된다. 같은 암을 앓고 있는 사람들이기에 위로의 무게도 남다르고 전해지는 마음도 깊다.

조혈모세포 이식을 마쳤지만 재발해서, 이제 항암 치료를 포기하려 한 육십 대는 자식들의 힘과 의지에 기운을 얻어 마지막으로 항암 치료를 한 번 더 해보기로 했다고 한다. 치료 중에 감염 등 합병증으로 항암 치료를 중단하고 항생제 투여만 하는 분도 있고, 혈소판 등이 부족하지만 헌혈이 충분치 않아 제때 투여를 받지 못해 발을 동동거리는 사람 등 한마디로 좋지 않은 글이 환자 수만큼 끝도 없다.

고통 속에서도 어떻게든 살아보려고 주사 맞고 약 먹고 수술하고, 비과학적인 방법에도 마지막 손을 내밀어보는 간절함이 가득하다.

빈 우물에 빠져 허우적대는 느낌이다. 벽은 높고 미끄러워 기어 올라가기 어렵다. 무라카미 하루키의 소설에서 우물은 언제나 다른 공간으로 통하는 길이었는데, 이곳은 아니다. 하늘에서 동아줄이 내려오기만을 기다리는데, 내려올지 안 내려올지 썩은 동아줄인지 아닌지 알 수도 없다.

사뮈엘 베케트의 희곡 『고도를 기다리며』의 에스트라공과 같은 신세다. 극에서 꼬마가 언제나 하는 말.

"고도 씨는 내일 꼭 오신댔어요. 진짜예요."

그래, 내일은 오겠지. 운명의 신은 언제나 내일이다.

관해 판정을 받아도 재발이 너무 잦은 림프종의 특성상 훌가분하게 털고 나오는 분들은 이 혈액암 계열에는 없다. 신은 주사위 놀이를 하지 않는다고 하는데 이 공간에서만큼은 언제나 확률적인 불안함에 떨고 있다. 각각의 사연 하나하나가 모두 한 생명의 삶과 죽음에 닿아 있다. 영화의 대사처럼 죽기 좋은 날은 실제로는 없다.

그런데도 포기하는 글을 읽은 적은 없다. 생의 의지를 가진 이들은 말과 글을 놓지 않는다. 표현한다. 살고 싶다고. 살아야 한다고. 이겨낼 거라고. 함께 그렇게 하자고 말이다.

완치라는 말이 존재하지 않는 블랙홀에서 아직 출구는 보이지 않는다.

그래도 나오겠지. 언젠가는. 입구가 있다면 출구도 있을 테니까. 그게 미로의 규칙이니까.

믿는 종교는 없다.

그러나

믿는 종교는 없다. 그러나 신의 존재는 믿는다.

집안의 종교는 불교. 그런데도 여섯 살 때인가, 크리스마스 즈음에 광진구 중곡동에 있는 성당에 처음 가게 되었다. 과자와 사탕을 준다고 해서 갔던 것 같다. 자주는 아니지만 얼굴을 비추다 보니 신부님이 크리스마스 연극에 참여할 것을 권했다.

얼떨결에 아기 예수에게 축복을 빌어주는 동방박사 중 일인을 맡아 별 대사 없이 왔다 갔다 한 기억이 난다.

그 뒤로 몇 번 더 성당에 갔지만 신자까지는 되지 못했다. 재수할 때, 당시 중림동에 자리한 종로학원 맞은편에 유서 깊은 약현성당이 있었다. 마음이 허할 때 가끔 들르면 따뜻했다. 술 마시고도 몇 번 갔다. 꽃피는 계절엔 사진도 찍으러 갔다.

논산훈련소에서 일요일에는 교회에 갔다. 초코파이는 교회에서만 주었고 성당에서는 다른 과자를 주었기에 주저 없이 교회를 선택했다. 침례교회였는데 수영장에서 온몸을 담그는 침례식도 받았다. 나름 세례도 받았으니 천국 가는 표 한 장은 얻은 셈이다. 행군할 때는 처음으로 기도도 해보았다. 다리를 접질려서 끝까지 완주하게 해달라고 빌었다. 기도를 들어주셨는지 퉁퉁 부은 다리로 20킬로미터를 끝까지 걸었다.

얼마 전 실로 오랜만에 다시 성당에 갔다. 입원한 병원이 천주교 계열이어서 1층에 성당이 있었다. 오후 네 시 미사가 있다는 병원 내 안내방송을 듣고 링거 걸이대를 끌고 가보았다. 환자와 보호자가 전부인 교회당의 분위기는 무거웠다. 링거를 달고 온 환자에게는 회당 좌우측에 별도의 자리가 마련되었다. 마치 교회를 지키는 창을 든 기사 같은 그림이 연출되었다.

모든 말씀은 치유와 연결되었다. 혈액암 환자는 먹는 것을 특히 조심해야 하기에 성채를 받아먹을 수 있는지 없는지도 꼼꼼히 물었다. 30분 남짓한 시간. 신부님의 첫 기도 때부터 그저 눈을 감고만 있었는데 눈물이 쏟아졌다. 설명이 안 되는 감정이 올라왔다. 죄를 용서해달라는 신부님의 말씀에 죄인이 된 듯 마음이 무너졌고, 치유는 하느님이 하시는 것이라는 말씀에 목이 멨다.

얼마 전에는 부산에 있는 용궁사에 가서 치유를 빌었다. 점도 봐보았다. 암에 걸렸으니 지푸라기라도 잡고 싶은 심정이었다. 단명할 사주는 아니라고 했다. 병으로 면죄부를 받아 많은 짐을 내려놓을 수 있게 됐다는 말도 인상적이었다.

번잡한 마음에 누군가에게 말하는 것이 부담스러울 때 성당과 절은 안식처이자 피난처가 되었다. 비신자에게도 충분히 열려 있었다. 마음이 편할 수 없는 상황이지만 다녀오니 한결 편안해졌다.

경계에 서 있다

경계에 서 있다. 몸의 병이 불러온 양극성 장애일까. 슬픔과 기쁨, 천국과 지옥, 삶과 죽음, 일상과 병상, 자유와 구속, 뭔가 분명한 극단 사이에서 얇은 교집합 위에 있는 듯하다.

칼날 위를 걷는 것.

삶과 죽음에 경계가 있을까. 담벼락 같은 것 말이다. 두 건물 사이라면 틈이라는 공간이 있을 것이다. 두 건물이 있어야 존재하는 공간인 틈. 난 그 틈에서 살고 있나. 삶과 죽음이 별개의 건물이라면 그 사이에 틈이 있을까. 아니면 그냥 선형적으로 연결되어 있을까. 삶과 죽음이 그냥 붙어 있어 중간에 틈은 없는 것일까.

죽음이 현재 삶의 영역을 너무 침범했기에 지금 어느 공간에 있는지 헷갈린다. 이 둘은 겹쳐 있는 것일까. 겹쳐서 존재 가능한 대상인가. 삶과 죽음은 이질적인 것인데.

매일 죽음을 느끼고 생각하고 고민한다면, 살고 있는 건지 죽은 건지, 존재의 추가 삶과 죽음 사이를 왕복하고 있는 건지 모르겠다. 확실한 건 아직 죽지 않았다는 사실이다. 그런데 그것은 살아 있다는 것과는 분명 다른 것이다.

화학적 항암을 세 차례 겪으면서 점점 체력이 떨어졌다. 항암제를 씻어내고 산성화되는 몸을 중화시키기 위해 수액을 많이 맞고 스테로이드까지 다량으로 투여받으니 몸이 계속 부으며 몸무게도 10킬로그램가량 늘었다. 악액질, 즉 몸에서 모든 영양소를 암이 가로채 근육이 빠지며 몸이 말라가는 현상은 일어나지 않았다.

첫 항암 때 리툭시맙 부작용을 겪었기에 이후에도 느린 속도로 항암이 계속되었다. 오전에 피와 소변 검사, 엑스레이를 찍고 낮 열두 시 반에 사전 예방적 조치로 해열제를 먹고 항히스타민제를 맞는다. 한 시부터 첫 번째 항암제를 다섯 시간 동안 맞고, 두 번째 항암제는 두 시간, 심장 보호제 30분, 마지막으로 연이어 세 번째와 네 번째 항암제를 30분씩 맞는다. 사이사이에 약이 섞이지 않도록 식염수로 관을 씻어내는 작업도 들어 있어서 실제로는 밤 열 시 반쯤 끝난다. 30분에서 한 시간 간격으로 계속 혈압, 열, 산소포화도 등 부작용을 점검한다. 항암제가 유발한 불면증 때문에 수면제를 먹고 자야 하는 나날이다.

항암 치료 다음 날은 종일 몸이 몽둥이로 두들겨 맞은 듯이 아픈데다 몽롱하고 메슥거리는 상태로 하루를 보낸다. 그리고 그다음 날 또다시 혈액과 소변 검사를 마치고 오후 두 시부터 척수 항암제 투입과 동시에 척수액 검사를 한다. 이번에는 척추에 꽂는 바늘이 제대로 들어가지 않는지 여러 번 후벼 파는 바람에 마취했음에도 바늘의 움직임을 짜증나는 아픔과 더불어 세밀하게 느꼈다. 그리고 모래 베개로 허리를 받치고 두 시간 동안 누워서, 베개를 빼고 또 두 시간을 움직이지 않고 누워서 안정을 취했다. 다행히 아직 척수액이 새어 나와 생기는 극심한 두통은 나타나지 않았다.

네 시간이 지났음을 확인하고 일어났더니 오른쪽 다리가 당기면서 아팠다. 역시 척수 항암 치료 때 신경을 건드렸던 것 같다. 간호사에게 물어보니 30분 정도 더 누워 있으라고 했다. 역시 시간이 약이었다. 좀 자고 나니 한결 부드러워졌다. 저녁을 먹고 약을 또 한 움큼 털어 넣으면 일과가 끝난다. 다음 날 백혈구 수치를 늘리는 주사를 맞고 퇴원하면 이번 항암도 끝.

3차까지 항암을 마치고 PET-CT와 CT를 통해 치료 중간 평가를 했다. 신장 뒤쪽에 전이된 암이 줄었고 특별히 종양이 더 생긴 곳은 없었다. 약이 들었다는 증거다. 다행이다. 이대로 추가로 세 번 더 항암 치료를 하겠다고 주치의는 말했다.

인터넷으로 보는 세상은 여전히 수많은 사건 사고가 넘치고, 중국과 미국은 싸우고, 부동산은 오르고, 나라 경제는 덜컥거리고, 적폐 청산에 대한 저항도 여전해 절뚝거리는 듯했다. 이 혼란 속에서 시민들은 하루하루를 살아내고 있었다. 누구인들 다르게 살고 있을까 하는 생각이 들었다.

시인 기형도는 먼지투성이의 푸른 종이는 푸르다고 했다. 그러니 먼지만 털어내면 된다. 본질은 변하지 않는다.

메모다. 3차까지 항암을 마치고 난 뒤 검사서에 씌어 있던 말과 뜻이다.

1. Probably, lymphoma involvement in left paraaortic LN(s) - resolved.

   (아마도 좌측 대동맥 림프절과 관계된 림프종은 관해됨.)

   '아마도'가 완전히(completely)로 바뀌기를 희망한다.

2. Reactive LNs in both cervical level 1, 2 - regressed.

   (1, 2번 경추 쪽에 부은 림프절은 줄었음.)

   림프절은 염증, 암 등이 있으면 붓는데, 붓기가 줄어든 건 호전됐다는 뜻으로 보인다.

3. Diffuse BM hyperplasia, related to recent G-CSF administration.

   (호중구 증가제 처치에 따른 골수 과증식.)

   이것은 항암 후유증을 줄이기 위한 선제적 조처였기에 큰 문제가 없다.

미안하다 B세포야

미안하다 B세포야. 암으로 변한 백혈구들아.

얼마나 너희들을 힘들게 했으면, 암세포로 변해 제 몸을 공격했겠니. 그동안의 잘못을 진심으로 뉘우친다. 사과할게. 더는 화내지 말아줘.

우린 한 몸이잖아. 다시 잘살아보자. 우리는 한 생명이잖아.

함부로 했다는 거 인정할게. 더는 화내지 말아줘.

그동안 몰랐어. 너희들을 얼마나 힘들게 했는지. 무심했지. 너희들의 고통을 비명을 듣지 못했지. 무엇에만 신경을 쓰고 살았던 걸까. 몸이 내는 소리에 귀를 기울이지 않고 말이다.

B세포들아. 암으로 변해 화를 내고 있는 분신들아.

세 번의 항암 끝에 알았어! 너희들과 화해해야 한다는 걸. 이제는 인정할게.

이제 암세포로 변하지 말고, 그냥 원래의 정상 B세포로 있어줘. 있는 그대로 있어줘. 지켜줘. 악수하자. 앞으로 잘할게. 믿어줘.

사랑하는 B세포들아.

우리 함께 가자. 좀 더 살자. 그리고 먼 미래의 어느 햇볕 좋은 날 함께 더 좋은 곳으로 가자. 지금은 사이좋게 지내자. 부탁한다.

이곳에 있으면 안 된다

이곳에 있으면 안 된다. 운동 삼아 병동 복도를 걷다가 갑자기 여기 왜 있지, 하는 생각이 들었다.

방문에는 환자의 나이가 적혀 있다. 옆방은 96세, 그 옆방은 80세, 또 그 옆은 64세, 27세, 7세……. 모두 암 환자다.

모두 여기 있으면 안 된다. 빨리 이곳을 나가야 한다. 물론 나아서 말이다.

죽기에는 좋은 날도 적당한 날도 그런 나이도 없다. 다 귀한 생명이다. 하루라도 더 살고자 하는 뜻을 갖는 것은 당연하다.

지금은 아니다. 이곳은 아니다. 여기 있는 모두는 여기서 쓰러지면 안 된다.

다들 할 일이 많이 남아 있다. 가족 간에 나눌 정도 쌓여 있다. 몇 년에 한 번 얼굴 보는 친구들도 만나야 한다.

너무 바쁘게 살아왔다. 지금 하는 일이 전부인 양 몰두하고만 있었다.

문제는 그게 이곳에서만 보인다는 것이다. 조금 비켜서면 정말 아무것도 아니다. 삶의 의미를 생각하기보다 하루 생존에만 몰두해왔다. 그러다 쓰러졌다.

버틴다고 될 일이 아니다. 빨리 일어나 나가자. 생명이 있는 저 바깥으로.

출근을 시도했다

출근을 시도했다. 3차 항암까지의 결과가 좋아서 회사에 가보았다. 사회로의 복귀는 암 환자에게 큰 과제다. 에라, 모르겠다, 이렇게 누워 있느니 나가보자 하는 심정이었다.

치료가 반환점을 넘은 시점에 회사에 복귀해서 과연 계속 다닐 수 있을지 몸과 마음을 살펴보았다. 아직 멍하고 당연히 컨디션이 좋지 않다. 항암제가 몸에서 완전히 빠져나가지 않은 느낌이다. 머리는 무겁다가 가볍다가 하고 화장실도 자주 들락거린다. 하루 3리터의 물을 마셔 신장의 부담을 덜어주면서 항암제를 씻어내야 하기 때문이다.

커피는 하루 한 잔만 마시기로 스스로 정했다. 하루 대여섯 잔을 마셔도 졸렸던 예전에 비해 카페인이 머리에 들어가는 순간 아주 반짝 시원하게 맑아짐을 느낀다. 열아홉 살에 처음 담배를 피웠을 적에 니코틴이 혈관을 파고들 때의 느낌처럼 온몸을 자극했다. 물론 담배는 서른 살이 된 해에 자신에게 주는 생일 선물로 끊었다.

많은 배려를 받아 힘든 업무는 없다. 출근 자체에 의미를 두었다.

최종 치료가 어떻게 될지는 아직 예단할 수 없다. 게다가 재발도 잦은 혈액암이다. 잊혀지는 것은 두려운 일이 아니다. 조직은 조직 자체의 생존 논리에 따라 움직인다. 부품 하나 없어지거나 망가져도 금방 대체재를 구할 수 있다. 그러니 회사가 아닌 개인 존재의 확인이 이번 출근의 목적이었다고 볼 수 있다. 가족의 간호 부담을 조금 줄일 수 있다는 장점도 있다.

사람들의 얼굴을 보니 눈빛만 마주쳐도 힘이 난다. 아무래도 나는 인상을 쓰고 있는 경우가 대부분인데 동료 선후배의 눈을 마주칠 때면 절로 미소로 바뀐다.

사실 이게 사는 거다.

암에 걸리고 달라졌다

암에 걸리고 달라졌다. 정확하게는 달라지고 있다. 우선 지금까지의 삶을 반성하기 시작했다. 지난 삶이 틀렸다는 것은 아니다. 그렇다고 해서 옳았던 것도 아니다. 병이 그 결과라면 특히 그렇다.

달라지기 위해서는 무엇이 잘못됐는지부터 알아야 한다.

역설적이게도 병보다 당장 병에 대한 집착부터 고쳐야 했다. 정확히는 자신으로의 과몰입이다. 치병만 생각하면 좋은데 자꾸 죽음까지 떠올린다. 사라진 줄만 알았던 우울증도 다시 도지는 것 같다. 죽음에 초연해지는 것은 부처나 예수 정도 돼야 가능한 일이지만, 자꾸 죽을지도 모른다는 생각이 마음을 지배하면 힘도 빠지고 주위를 둘러보지 않게 된다.

자신에게 집중하게 된 점은 좋지만 때론 자아 과잉 상태를 넘나들게 되면서 불안이 가중되었다. 나쁜 방향의 나르시시즘이다. 거울을 너무 자주 보고 있으면 아무래도 못생긴 부위가 눈에 들어오기 마련이다. 적당, 적절, 중용이 가장 어렵다.

회사에 잠시 나가는 것도 과몰입을 고치는 데 도움이 되었다. 사무실의 내 책상에 앉아 있으면 밀려오는 일을 처리하느라 암에 걸렸다는 사실을 잊게 된다. 자신에 관한 생각도 잠시 놓게 된다. 전보다 가벼운 마음으로 일을 대하다 보니 스트레스로 느껴지지 않는다.

부서원, 팀원, 동료 선후배와 대화를 하다 보면 나에게 집중하지 않게 된다. 타인의 말을 듣게 된다. 타인의 삶도 관찰하게 된다. 나를 잠시 놓게 된다. 명상으로 가능한 일을 일상에서도 할 수 있게 되었다.

몰입하면 다른 것은 잊게 된다. 대상을 바꿔가며 몰입할 수 있는 사람은 행복하다. 하나에만 중독되는 일 없이 그러면서도 개별 대상에 대해 적절히 힘을 분배해 집중하기에 자신도 관계도 함께 지켜나갈 수 있기 때문이다.

동굴에서 혼자 하기는 어려운 일이다. 병만 생각한다고 나을 수 있는 게 아니다. 고민해서 나을 수만 있다면 계속 고민하라고 하겠다는 주치의의 말도 떠올랐다.

약도 듣는 시간이 필요하다. 삼 주마다 항암제를 투여받는 것도 사이클이 있기 때문이다. 매일 맞는다고 낫는 게 아니다. 그랬다가는 독만 쌓일 것이다.

근력 운동을 할 때 이틀 훈련하면 하루는 쉬어야 근육이 만들어진다고 한다. 몸도 회복기가 필요하듯이 정신도 회복기가 필요하다. 몸을 만들려면 잘 먹고 잘 쉬어야 한다.

마음도 마찬가지다. 마음에 주는 밥과 휴식 중에 중요한 것은 다른 사람과의 대화나 병 등 고민거리를 덜 생각하기다.

기계가 고장 나면 부품을 바꾸거나 수리하면 된다. 영화

〈모털 엔진〉의 로봇 슈라이크나 〈알리타: 배틀 엔젤〉의 알리타, 〈프로메테우스〉의 데이비드8이라면 암에는 걸리지 않을 것이다. 사람은 로봇이 아니다. 인간은 수조 개의 세포로 이루어진, 세포 간에 물질을 주고받으며 하루하루 살아가는, 그러나 한정된 시간을 살아가는 생명체이다. 치유를 위해서는 세포 단위에서부터 회복할 시간이 필요하다.

지난 생활을 돌이켜보면 지나치게 동굴을 찾았다. 혼자 있을 때 가장 편안했고 혼자 술 먹고 혼자 밥 먹을 때 만족했다. 부모의 유전자를 반반 물려받는 상호 교환과 합일의 과정에서 태어났음에도 항상 혼자를 꿈꾸었다. 지나친 자신으로의 몰입이 오히려 병을 불러온 원인 중 하나가 아닐까 생각한다.

다시 광장으로 나간다. 햇볕이 내리쬐는 밖으로 나간다. 사람이 있는 곳으로 파고든다. 병을 얻고 치료해 나가는 과정에서 깨달은 잘못을 하나씩 고쳐나간다. 과하면 체한다는 말은 어쩌면 당연한 사실이다.

도움이 필요할 때는 손을 내밀어야 한다. 그러면 이 세상의 누군가는 손을 잡아준다.

세상에 쉬운 일은 없다

세상에 쉬운 일은 없다. 폐렴에 걸렸다.

4차 항암을 끝내고 병원 밖을 나온 12월의 어느 날. 자유로움을 만끽하기 위해서 크게 숨을 들이마셨다. 찬 공기가 폐에 밀려 들어왔다. 얼음 가득한 콜라를 마시는 듯한 짜릿함.

이때 딱 한 번 마스크가 없었는데 그 찰나를 독감 바이러스는 놓치지 않았다. 면역력이 떨어져 있었고, 항암 때문에 항체가 생기지 않을 거라는 주치의의 설명에 독감 예방주사도 맞지 않았었다. 마스크 미착용과 면역력 저하 그리고 독감 백신 미접종이라는 3단 콤보의 공격에 무방비 상태로 당했다.

며칠 뒤 열이 나기 시작해 일요일엔 응급실로 실려 갔다. 첫 독감 검사는 음성이 나왔다. 응급실에서 열 시간 머물렀다가 퇴원했다. 그러나 하루 만에 다시 체온이 39도를 넘었다. 두 번째 독감 검사에서는 양성 판정이 나왔다. CT를 찍어보니 가슴 왼쪽 아래에 폐렴까지 보였다. 결국 항생제는 IV 링거 주사로, 독감 치료제는 알약으로 동시에 투여받으며 24시간 가까이 응급실에서 보냈다.

병실이 나지 않아 다른 병원으로 전원轉院할지 외래로 치료받을지 논의한 끝에 외래로 결정했다. 응급실에서 나올 때 이번에는 마스크도 꼼꼼히 했다. 퇴원할 때 하늘도 바라보지 않았다. 잠깐의 해방감을 즐긴 대가가 암 환자에게는 치명적일 수 있는 폐렴이었기에 고개를 들 수 없었다. 지금 필요한 것은 병 앞에 겸손함이다.

거의 매주 입원과 퇴원을 반복하다 보니 지금 어디에 있는지 뭐 하고 있는지 아무 정신이 없다.

독감 치료제의 효과는 즉각적이었다. 열은 떨어졌고 기침도 잦아들었다. 오기로 출근한 회사는 오전에만 근무했다. 동료들과 수다라도 떨면 마음이 조금 가벼워졌다.

12월 30일, 5차 항암을 위해 입원했다. 31일, 그러니까 그해 마지막 날에 항암 치료를 하기로 했다.

"보통 폐렴이 오면 일주일 정도 항암을 연기하기도 하는데 상대적으로 젊으니까 그때까지는 회복할 것 같네요. 그냥 예정대로 하시죠."

주치의가 설명했다.

한 해의 끝과 이듬해의 시작을 모두 병실에서 맞았다. 31일의 항암 치료는 평소보다 늦게 시작돼 결국 제야의 종소리를 듣고서야 끝났다. 폭죽은 소리만 들렸다. 새해를 무감각하게 맞았다.

1월 1일은 병원도 쉬는 관계로 다음 날 다시 척수 항암을 했다. 항암 횟수가 늘면서 컨디션 회복은 그와 비례해서 늦어졌다. 간헐적 두통은 약 없이는 버티기 어려웠다. 메슥거리는 위는 무엇으로도 잘 달래지지 않았다. 변비와 설사도 오갔다.

연말연시는 누군가에게는 축복, 누군가에게는 고통의 시간이다. 세상은 공평하지도 평등하지도 않다. 인류 역사는 그래도 점진적으로 발전했다고 믿는다.

림프종 치료제만 해도 2000년대 이전과 이후는 치료 성적이 확연히 다르다. 표적 항암제 리툭시맙이 나왔기 때문이다. 2020년 전후로는 키트루다, CAR-T 등 3세대 면역 항암제가 빠르게 진화하고 있다.

발전을 지켜보면 새해는 언제나 희망적이다.

'복'이라는 단어가 새삼스럽게 느껴졌다.

병에 걸린 것도 다른 의미에서 복일지 모르겠다. 삶을 돌아보고 주위를 돌아보는 기회가 되었다는 점에서는 그렇다.

물론 생존을 전제로 하는 말이다.

뺑소니 사고다

뺑소니 사고다. 암은 그런 것이다. 치고 간 차가 어디로 내뺐는지 알 수 없어 비난할 곳도 하소연할 곳도 없이 그저 치료만 받아야 하는 상황.

나름 삶을 준비하고 계획하며 살고 있다고 생각했다. 그런데 서울이라는 도시 한복판에 있다가, 『오즈의 마법사』의 도로시처럼, 갑자기 폭풍이 불더니, 어느 절벽에까지 날아가, 위태롭게 서 있었다. 9월의 어느 날 제주에서 혼자 저녁을 먹다 암이라는 통보를 들었고 그 이후의 시간은 블랙홀에 빨려 들어갔다.

그러나 시작이 있는 것은 모두 끝이 있다. 마지막 6차 항암이다. '이 또한 지나가리라'라는 말은 진리다.

처음에 치료받을 수 있을 때 와서 다행이라는 말을 들었을 때, '오조 오억' 가지 생각이 들었다. 지금까지의 삶은 행복했나 돌이켜보았다. 결론은 '나쁘지 않았다'는 거였다. 그렇게 잘못 살지는 않았다는 결론에 이르러 조금 다행스러웠다. 아쉬웠지만 매우 아쉽지는 않았다.

6차 항암이 끝나면 일주일 정도 지나서 CT와 PET-CT로 최종 검사를 한다. 성적표가 좋으면 석 달 뒤에 다시 검사하는 관찰 단계에 들어가고, 좋지 않거나 재발 위험이 크다고 판단되면 자가 조혈모세포 이식을 할 수도 있다.

어떤 경우든 다음 단계로 간다. 그거 하난 시원하다.

숨쉬기부터 다시 배우고 있다

항암이 끝나면 검은 줄이 새겨진 손톱도, 빠진 머리도, 변비와 설사를 오가는 장 상태도 원래대로 돌아오겠지? 삶도 제자리를 찾아가겠지? 다만 항암 이전의 상태로, 암에 걸리기 이전의 삶으로 '똑같이' 돌아갈 수 없다는 사실이 가장 서글프다.

암 완치를 5년이라고 하는데, 그 5년이 생활 습관이 바뀌는 기간이라는 말도 있다. 사람 변하는 건 참 어렵다. 식습관이 특히 안 고쳐진다. 조직 검사를 위해 전신마취하고 수술하고 나서 깼을 때 제일 먼저 먹고 싶은 게 피자였다. 입원을 앞두고 햄버거도 하나 먹었다. 독이라고 생각하고 멀리해야 하는데, 어차피 항암제도 독인 걸 하는 비교 대상부터 틀린 생각과 맛있게 먹으면 엔도르핀과 세로토닌이 나와서 억지로 참는 것보단 낫다는 의견도 떠올라서, 나름 수제버거집에서 패티의 촉감과 번의 달콤함을 세포 단위로 느끼며 우걱우걱 먹었다. 그래도 평소 한 끼는 현미 채식을 하고 있다.

명상도 아주 조금 해봤는데 복식호흡이 참 어려웠다. 몇 분 하니까 지쳤다. 쉬운 게 없었다.

가슴에 심은 케모포트에 바늘을 꽂고 나서 그 줄을 이용해 혈액 검사용 피도 뽑는다. 어떤 때는 피가 잘 나오지 않았는데 크게 심호흡을 하니 피가 쭉쭉 뽑혀 나왔다. 피가 돌았다고 할까. 숨쉬기의 중요성을 검붉은 피를 보며 확인하니 의식적으로 숨을 크게 쉬게 된다.

암을 경험하면 다시 태어난다고 하는데, 숨쉬기부터 다시 배우고 있다.

그렇게 다른 사람들보다 조금 일찍 시작하는 두 번째 삶이 될 것이다. 봄이 되어 벚꽃이 필 때 다시 태어나는 기회가 주어진다면, 그땐 조금 다르게 살아볼 생각이다.

'어떻게' 할지는 아직 잘 모르겠다. 좀 더 내려놓고 좀 더 챙기면서 살지 않을까 한다. 좀 덜 일하고 조금 더 놀고 더 좋은 공기를 마시면서 말이다. 그러면 백 살까지도 살 수 있지 않을까.

유독 차가운 겨울, 병실에서 만개한 벚꽃을 상상했다. 초속 5센티미터로 떨어진다는 벚꽃 잎을 맞으면 그것만으로도 행복할 것 같다.

병이 진정되었다

눈이 참 많이 내린 날이었다. 첫 입시에서 미끄러지고 두 번째 맞은 대학 합격자 발표 날. 살면서 처음 맛본 실패였기에 두 번은 꺾이고 싶지 않았다.

자동응답 전화인 ARS로 합격자를 확인하던 시절이었지만, 아침 일찍 집에서 나와 버스와 지하철을 갈아타고 서울대

입구역에 내렸다. 복잡한 감정 속에 마을버스를 타지 않고 무거운 걸음으로 고개를 넘어갔다.

학교 대운동장에 수험번호를 대자보처럼 붙여놓던 시절. 그곳까지 30미터 정도 앞에 두고 더 다가가기가 머뭇거려졌다. 내 눈으로 직접 확인할 용기가 없었던 것이다. 그래서 학교 정문에서 가까운 공중전화로 '합격하셨습니다'라는 말을 듣고 나서야 운동장으로 걸어 들어갔다. 그리고 하얀 종이 위에 검은 숫자로 적힌 내 수험번호를 찾아내고 안도했다.

한마디로 대박 소심했다.

6차 항암 치료도 다 끝나고 일주일 뒤 최종 평가의 날이 왔다. 평가 통과가 완치를 의미하지는 않는다. 그래도 큰 매듭을 푸는 것이어서 많이 떨렸다. 대학 합격자 발표 때만큼 조바심도 났다.

아침에 병원을 가는데 바람이 그해 겨울답지 않게 찼다. 그날도 혈액 검사는 해야 했다. 세 시간 정도 기다린 뒤 '다학제 협진'에 들어갔다.

주치의를 포함해 혈액종양내과, 병리과, 방사선 종양학과의 담당 교수들과 전문 간호사 등이 다 함께 모여 그동안의 치료 경과와 결과를 설명하는 자리였다. 회의석 뒤에 놓인 의자에 죄지은 것도 아닌데 죄인처럼 앉았다.

최초 병원을 찾았을 때의 상태부터 수술과 조직 검사를 통한 진단 확정, 이어진 항암 과정에 대한 설명이 촘촘히 이어졌다. PPT 화면에는 개구리 해부도 같은 뼈와 장기의 실루엣이 보이는 CT와 PET-CT 사진들이 흘러갔다.

최초 CT에는 척추 뒤 대동맥 부근에 암 덩어리가 보였다. 의학에 문외한인 내 눈에도 크기가 확연했다. 여섯 번의 항암 후에는 빈 곳만 남았다. 원래 아무것도 없어야 하는 자리다. 평소 말씀이 많지 않은 주치의가 '완전 관해(complete remission)'라는 단어를 처음 썼다. 그리고 미소를 지었다.

일단 병이 '진정'되었다는 걸 공식적으로 확인했다. 긴장이 풀리며 미소로 답할 수 있었다.

그러나 재발률을 낮추기 위해 이 경우 통상 방사선 치료를 한다는 단서가 달렸다. 특히 위와 장 등 소화기관을 방사선이 통과하기 때문에 부작용이 있을 수 있다고 방사선 종양학과 교수의 설명이 이어졌다. 공고화학요법으로 방사선 치료를 삼 주간 17회 받기로 했다. 얼굴이 굳어가는 것을 눈치챘는지 주치의는 항암제 치료 때 겪은 것보다는 부작용이 덜할 것이라고 안심시켰다.

바로 다음 주 몸에 지도를 그렸다. 방사선을 쏠 정확한 위치를 잡기 위한 사전 작업이다. 항암제 투입을 위해 오른쪽 가슴에 외과 수술로 단 케모포트도 재발률이 높으므로 일단 유지한다. 몸무게가 항암 치료를 하는 동안 12킬로그램이나 불었지만 마음은 한결 가벼워졌다.

투병 6개월이 지나고 있다

투병 6개월이 지나고 있다. 궤도를 벗어난 삶이 제자리를 찾으려면 몇 배의 시간이 더 필요하다. 그래도 어제보다 나아질 수 있다는 희망이 있는 삶은 행복하다.

아프다고 숨지 않았다. 그게 제일 마음에 든다. 나 자신에게 축배를 대신해 커피 한 잔을 선물했다.

3도 화상을 입은 것과 같다

3도 화상을 입은 것과 같다. 방사선 치료가 부작용이 크지 않다고 하지만, 누적되면 그 정도까지 심해질 수 있다. 림프종이 목으로 올 경우 방사선 치료를 하면 음식을 삼키기 힘든 연하 장애 등의 부작용이 뒤따를 수 있다고 한다.

열일곱 번으로 예정된 방사선 치료. 월요일에서 금요일까지 닷새 연속 치료하고 주말은 쉰다. 기계도 점검하고 몸도 쉬어가는 것이다. 치료 자체는 5분이면 끝난다. 두 부위를 해도 15분을 넘지 않았다. 여섯 번쯤 받았을 때는 약간의 속 쓰림과 설사, 따가움 정도의 부작용이 있었다. 복부에 열일곱 번이면 그래도 견딜 만할 거라고 방사선 종양학과 교수는 안심시켰다.

방사선보다는 아직 항암 부작용이 더 컸다. 특히 두통이 그치지 않아 뇌 MRI를 찍어보았다. 뇌 전이는 상상하고 싶지 않은 경우의 수였다.

병치레하는 동안에 많은 의학 서적을 읽었다. 그중에는 『동의보감』 해설서도 있었다. 한방에서는 암을 어떻게 다루고 있는지 궁금했다. 『동의보감』에서는 암을 어혈瘀血이 뭉쳐 생기는 적취積聚 혹은 옹저癰疽로 표현했는데 옹저는 화병으로서 결국 스트레스가 원인이었다.

텍스트 자체로도 재미있었다. 단순히 병명을 나열하고 처방을 기록한 책이 아니다. 이야기, 즉 서사가 있다. 임상례도 생활밀착형이다. 뱀이 콧구멍 등 몸속에 들어갔을 때의 처방도 있다. 전란이나 보릿고개 때 서민들이 배를 곯으면 임시방편으로 쓸 방안도 적혀 있다. 왕을 위해서만이 아니라 일반 서민들을 위해 쓴 책이다. 문장의 주어가 의사가 아니라 환자인 경우가 그래서 많은가 보다. 무엇보다도 인간을 우주와 동등한 '하나이자 전체'로 보는 철학이 마음에 들었다.

한의사 친구는 혈액암에는 섣불리 한약을 쓰지 말라고 조언했다. 치료가 종결되고 나서 면역력을 높이는 보약 개념으로 쓰라는 의견에 고개를 끄덕였다.

미세먼지와 꽃샘추위를 뚫고 기어이 봄꽃은 피었다. 살아서 다시는 볼 수 없을지도 모를 아름다움이었다. 다섯 개의 꽃잎이 아가의 손가락을 닮았다. 쫙 펴졌다. 무얼 잡으려는 걸까.

드문 것은 귀한 경우가 많은데, 요즘 파란 하늘이 그렇다. 당연하던 것이 당연하지 않게 되었다. 인간이 자연의 질서를 깨뜨리고 난 후 이제는 큰 노력을 기울여야 저 파란 하늘을 볼 수 있게 되었다.

자연으로 돌아가자고 한 노자도 떠오른다. 병과 함께하는 시간이 길어지니 도나 기에도 관심이 간다. 아이러니하게도 요즘은 길거리에서 도에 관심 있느냐고 붙잡는 사람은 없다.

회사 선배 둘과 점심을 먹었다. 지난해 9월에 잡은 약속이다. 일상적인 점심 약속을 지키는 일이 기적이 되기도 한다.

내려놓는 데는 계기가 필요하다는 말이 마음에 남는다. 한 선배는 한 번에 내려놓는 게 아니라 몇 번에 걸쳐 내려놓게 된다, 생활 속에서 미니멀리즘을 실천하려고 하는데 집 안에 방해 세력이 있다면서 웃었다.

아프게 된 게 갑작스러운 일이 아니라는 것을 물 잔이 넘치는 것에 비유한 견해도 인상적이었다. '가득 찬 물 잔이 넘치는 데는 물 한 방울이 더 필요했을 뿐'이라는 것이다. 그만큼 몸에 스트레스나 오염 물질이 쌓여 있었던 것이고 거기에 더해진 작은 충격이 우리 몸을 넘어뜨렸다는 설명이다.

점심을 먹고 여의도 공원을 함께 걸었다. 다시 걷게 된 것도 감사할 따름이다. 특히 파란 하늘 아래에서라면 더욱 그렇다. 이젠 마스크 쓰기가 일상이 됐지만 마스크를 쓰고서라도 만나고 또 걷고 그래야겠다.

한 번의 식사가, 한 번의 하늘이 소중한 그런 날들을 보내고 있다.

일단 치료 종결이다

일단 치료 종결이다. 한 번의 수술과 여섯 번의 항암과 열일곱 번의 방사선 치료가 모두 끝났다. 시원하고 후련하다.

방사선 치료는 기계 두 대에 옮겨가면서 두 곳의 발병 부위를 조사받았다. 항구토제를 달고 살고 피부도 약해졌지만 지낼 만하다. 두어 달 정도면 정상으로 돌아온다고 한다.

개나리와 철쭉, 매화가 눈에 들어오는 걸 보면 마음도 많이 편해졌나 보다. 이제 석 달 뒤에 첫 추적 검사를 하고 그 뒤로 6개월에 한 번씩 CT를 찍으면서 재발 여부를 판단한다. 향후 5년 동안 일정한 간격으로 시험을 보는 것이다.

초기 2년 내에 재발률이 높아 특히 조심해야 한다. 항암 전의 대충 살기와는 작별을 고해야 한다. 먹을 것도 가려서 챙겨 먹어야 하고 좋은 것만 먹어야 한다. 유기농 채식까지는 아니더라도 GMO(유전자 변형 농산물)나 농약 묻은 채소, 항생제 먹인 고기, 소시지 같은 가공육은 반드시 피해야 한다. 평양냉면처럼 슴슴한 삶이 예정돼 있다.

피곤해도 안 된다. 피로도 재발의 원인이 될 수 있다. 그래도 운동은 해야 한다. 살짝 땀이 날 정도의 운동은 면역력을 높인다. 피곤해서는 안 되지만 운동은 해야 하는 모순적인 상황이다. 그만큼 건강관리는 어렵다. 모처럼의 취미였던 마라톤은 풀코스는 버리고 10킬로미터만, 그것도 기록은 무시하고 아주 천천히 뛰는 걸로 만족해야 한다. 대신에 많이 걸으면 된다.

술은 일주일에 한 번 맥주 한 캔 정도는 크게 상관없다고 림프종 세미나에서 들었다. 그래도 취할 정도로 마시면 절대 안 된다고 강조했다. 림프종은 특히 비타민C를 챙겨 먹는 것이 재발을 막는 데 도움이 된다는 설명도 있었다.

결국 '몸 챙김 마음 챙김'이 앞에서 기다리고 있다. 좋게 말해서 그렇지 하이데거가 말한 인간 존재의 본질인 '불안' 상태에 놓인 것이다. 지난해 가을과 겨울은 도둑맞은 첫 키스 같다. 느닷없었고 되돌릴 길도 없다. 과거의 한 사건으로 남을 뿐, 잊고 말고 할 것도 없다. 이른 봄이지만 시원하게 폭설 한번 보고 싶다.

기억에는 단추나 열쇠가 필요한데 암이 그 자리를 차지하면 너무 슬플 것 같다. 확실한 건, 자신에게 조금 더 눈길을 준다, 조금 더 아껴준다, 그 정도인 것 같다. 지금 숨 쉬고 있는 자신을 있는 그대로 인식하는 것으로 시작한다. 흡~ 후~ 아~ 하면서 말이다. 명상도 도움이 된다. 어떻게 되든 지금의 상황을 받아들여야 한다. 그리고 다음 길을 가야 한다.

꿈은 무엇이었을까. 어렸을 때 물어보면 과학자 뭐 그런 거였다. 지금 보면 이상하게 들리겠지만 컴퓨터공학과와 물리학과가 의대보다 대학교 합격선이 높은 시절도 있었다. 수학을 싫어하지는 않았지만, 겁은 매우 많아 이과 수학책의 두꺼움을 보고 도망치듯 문과를 택하면서 한 유치원생의 꿈은 사라져버렸다.

그 뒤로는 사실 어떤 꿈도 꾸지 않았다. 실패하지 않는 선택만 하고 살아온 것 같다. 요즘 애들은 왜 좋아하는 것이 없느냐, 왜 꿈이 없느냐, 이런 꼰대 같은 말을 듣기에 딱 좋은 청년이었다.

이제는 꿈이 아니더라도 삶의 방향은 새로 정해야 한다. 느지막하게 온 다시 사는 기회다. 마라톤의 매력은 언제든 다시 뛸 수 있다는 데 있다. 이번에 완주하지 못하면 어떤가. 다음 경기가 또 있고 그때 다시 완주에 도전하면 된다. 살아 있는 동안 삶의 방향은 언제나 수정할 수 있다. 그것을 못하는 것이 문제이지 고쳐나가는 것은 아무 문제가 아니다.

마음도 몸도 아껴야 한다. 장미꽃에 물도 주고 바람도 막아줘야 한다. 어린 왕자가 그랬던 것처럼 자신을 꽃처럼 보살펴야 한다. 남이 아닌 스스로 말이다.

부작용과의 전쟁은 계속된다

부작용과의 전쟁은 계속된다. 항암 치료는 끝났지만 치료 내내 그리고 치료 이후에도 부작용에 따른 고통은 상당 기간 이어졌다. 항암제 주입 시 부작용이 즉각적이었다면 며칠 뒤부터 몇 주 뒤에 생기는 지연형 부작용도 있다.

대표적으로 저림 증상이다. 항암이 3차를 넘어가면서부터 전기에 감전된 듯 찌릿한 저림이 손과 발에 느껴졌다. 항암 차수가 늘어날수록 증상은 더욱 심해졌다. 항암이 끝나고도 사라지지 않았다. 항암을 하면서 가장 힘든 것 중 하나였다. 저릿한 통증에 잠을 설치기 일쑤였다.

주치의가 먼저 저리지 않느냐고 물어볼 정도로 흔한 부작용이다. 말초신경병증이라고 부른다. 빈크리스틴 같은 항암제가 말초신경을 손상시켜서 발생한다. 시간이 지나면 회복되지만 그냥 두기에는 고통이 심하다.

주치의는 가바펜틴 성분의 뉴론틴을 처방해주었다. 항암 종결 이후에는 집 근처의 가정의학과에서 프레가발린 성분의 리리카를 처방받아 복용했다. 둘 다 효과가 있었다. 주치의는 비타민 B12도 함께 처방해줘서 이후에도 지속적으로 복용했다. 곧바로 저림이 없어지지는 않았지만 시간이 갈수록 저림 정도를 상당히 줄여주었다. 항암 종결 후 6개월이 지나자 더는 저림 증상이 없었다.

그다음으로 힘든 것은 변비였다. 역시 빈크리스틴이 문제였다. 그리고 통증 때문에 먹은 진통제도 변비의 원인일 수 있다고 한다. 누워 있는 시간이 많기에 운동 부족도 증상을 더했다.

항암 치료 중에는 호중구 수치가 떨어져 유산균도 함부로 먹을 수 없었다. 나중에는 항문이 찢어지기까지 했다.

주치의는 산화마그네슘 성분인 마그밀정을 처방해주었다. 하루 네 알까지 먹었는데 그것으로도 부족했다. 일반 의약품으로 체내에 흡수되지 않는 당인 락툴로오스 성분의 물약을 추가로 복용했다. 수용성 식이섬유도 추가했다. 나중에는 자극성 하제도 동원했다. 최근에는 마크로골 성분의 폴락스산까지 먹어보았다. 항암 후에는 변비로 유발된 항문거근증후군까지 생겼다. 결국 항문외과를 찾아 주사 치료까지 받아야 했다. 치질도 반복되었다.

잘 먹고 잘 배설하는 원초적인 일이 가장 힘든 일 가운데 하나가 되었다.

탈모는 애교다. 항암 종결 후 두 달이 지나면서부터 머리털이 나기 시작했다. 손톱에 검은 줄이 생기면서 시커메졌는데 손톱 영양제도 바르고 했지만 더는 나빠지지 않아 다시 자라기만을 기다렸다.

다행히도 대표적인 항암 부작용인 구토는 크게 겪지 않았다. 항암 전에 항구토 패치인 산쿠소 패치를 붙였고 항암 중에는 진토제를 주사로 맞았다. 퇴원 후에도 진토제를 지속해서 복용해 메슥거리는 증상은 계속되었지만 다행히 토까지는 이어지지 않았다. 무거운 돌덩이를 위 속에 넣어둔 것 같은 불편함만 지속되었다. 그 정도면 참을 만했다.

관절통과 두통도 매우 심했다. 관절통은 비스테로이드성 소염제(NSAID)로는 잡히지 않았다. 트리마돌 성분의 중등도 진통제를 사용했다. 마약성 진통제 중에서는 약하고 일반 진통제보다는 강한 약이다. 통증이 심한 경우 바로 타진정 등의 강한 마약성 진통제로 넘어가는 경우가 많지만 거기까지는 가지 않았던 것도 복이라면 복이었다.

약을 먹으면 통증이 줄어들긴 해도 없어지는 게 아니었다. 특히 두통은 뇌 전이 가능성 때문에 2차 병원에서 MRI를 추가로 찍어볼 정도로 신경이 쓰였다. 결국 뇌 전이는 아니었다.

이른바 삭신이 쑤시는 증상은 항암 치료 종결 후 6개월 정도 지속되었다. 일 년이 지나도 알 수 없는 통증은 시시각각 찾아온다.

마지막으로 지금까지도 고통받고 있는 것은 불면증이다. 항암제가 신경계를 공격해 불면은 대부분의 암 환자가 겪는다.

두 달에 한 번 정신건강의학과 협진을 받고 있다. 신경안정제 계열의 약을 먹고 있는데 약을 먹으면 잠은 들지만 수면 유지에 어려움이 있다. 리보트릴 0.5밀리그램, 쿠에타핀 25밀리그램, 트라조돈 50밀리그램에다 최근에는 멀타핀 7.5밀리그램까지 추가되었다. 의존증이 염려됐는데 정신과 교수는 이 정도는 괜찮다고 해서 계속 먹고 있다.

언제쯤 약 없이 잠을 잘 수 있는 날이 올지 지금으로서는 알 수 없다.

인연은 우연의 얼굴을 하고 있다

인연은 우연의 얼굴을 하고 있다. 인연의 우연성은 매력적이기도 하고 슬픔의 원천이기도 하다.

불교에서 인연은 인과법칙이다. 모든 일에는 원인이 있다. 인因은 내적인 직접 원인, 연緣은 이를 돕는 외적인 간접 원인이다. 우연도 따지고 보면 그냥 일어나는 법이 없다는 뜻이다.

우연과 인과는 정반대의 뜻이다. 그런데 겹침이 느껴진다. 만남이라는 현상을 보면 특히 그렇다. 원인과 결과는 타자와의 관계, 즉 만남이 있음을 전제로 한다.

그런데 지금까지 의미 있는 만남은 대부분 우연의 얼굴을 하고 있었다. 그것이 필연으로 정착된다면 인과론을 따랐다고밖에 볼 수 없다. '우리 만남은 우연이 아니야.' 이런 노랫말처럼 말이다.

만남에 의도가 있다면 사기꾼 아니면 정치인일 가능성이 크다. 단순히 일 때문에 만난 사람은 일이 없어지면 대부분 사라진다. 직업의 특성상 사람을 그렇게 많이 만났지만 지금까지 연락을 주고받는 사람은 손가락으로 꼽을 수 있다.

아프면서 사람 관계를 되돌아보는 시간이 많아졌다. 초중고를 한 지역에서 나왔는데 그 12년을 함께 다녔던 친구들이 지금도 가장 친하다. 미국에 이민 간 친구도 아프다는 소식을 듣고 바로 연락이 왔다. 재수 시절의 같은 반 친구들, 대학 시절을 함께한 과 동기들은 몇 년 만에 만나도 반갑다. 서로 바빠 자주는 만나지 못하지만 눈빛에서 옛정이 그대로 느껴진다. 주고받는 것이 없는 관계이기 때문이리라. 억지로 만든 관계가 아니기 때문이리라.

문제는 회사인데, 가장 오랜 시간을 보내고 있어도 깊은 인간관계에는 한계가 있다. 회사 밖의 사람들만큼 사내 관계는 어렵기만 하다. 이게 쉬웠다면 스트레스도 10분의 1은 줄었을 것인가.

어느 날 수녀님을 만나게 되었다. 여섯 번의 항암을 모두 같은 층에서 받은 것도 아닌데, 매번 입원 때마다 같은 수녀님이 오셔서 기도해주셨다. 하느님이 계시다면 천사를 내려보내 주신 거라고 생각했다. 아무리 고통스러운 표정을 하고 있는 환자를 보아도 인자한 미소를 잃지 않으셨다. 다 맡기고 편해지라는 말씀을 빼놓지 않으셨다. 다 맡기라는 것은 하느님께 의지하라는 뜻이지만 내려놓으라는 다른 표현이기도 했다. 의도해서 되는 일은 아니라는 뜻이기도 했다.

그리고 매번 기도해주셨다. 기도는 타인을 위한 것이어야 한다는 것을 알았지만 기복 신앙에 매달리는 우리는 자신을 위한 기도에만 빠지기 쉽다. 수녀님의 기도는 언제나 환자를 향해 있었다. 마치 인류의 죄를 대신해 십자가에 못 박힌 예수

님처럼 아픈 이를 대신해 하느님께 기도해주셨다.

수녀님과의 대화 시간은 30분을 넘어 한 시간까지 지속되는 때도 있었다. 그러다 보니 수녀님 자신의 고민까지 나누게 되었다. 일종의 팀장을 맞고 계시는 수녀님이었는데 팀원이라고 할 수 있는 사람들 사이의 갈등을 조정하는 일이나 윗사람인 신부님과 팀원들 사이에 생기는 문제를 중재하는 일이 일반 회사의 팀장이 겪는 일과 크게 다르지 않았다. 공통분모가 있었기에 이야기는 병을 넘어 인간관계 전반으로 확대되었다. 그러면서 동지애 같은 것도 느껴졌다. 함께 나눌 수 있는 부분이 있어야 가까워질 수 있다.

지금 수녀님은 바닷가가 멀지 않은 부산의 한 성당에서 생활하고 계시다. 치료를 종결하고 그해 여름 수녀님을 찾아뵙기 위해 부산행 열차에 몸을 실었다.

식당에서 해수욕장이 내려다보였는데 눈을 뜰 수 없을 정도로 맑고 눈부셨다. 수녀님의 얼굴도 더없이 환해 보였다. 누군가를 만나기만 해도 치유의 힘이 전달될 수 있다는 것을 처음 알았다. 그동안 고생했다는 격려는 눈빛만으로도 충분히 전달되었다. 초여름 바닷바람이 해변을 걷는 두 사람의 더위를 조금이나마 식혀주려는 듯 불어왔다.

수녀님은 9일 기도문을 건네주셨는데 짧고 간결해서 비신자도 쉽게 기도할 수 있었다. 여덟 번째 날 기도문에는 이렇게 씌어 있다.

> 고통의 어머니, 저희가 어머니의 사랑뿐 아니라 슬픔도 함께 나눌 수 있게 하여주소서.

수녀님이 평생 실천하고 있는 삶이었다. 수녀님도 암 환우였다는 것은 뒤늦게 알았다. 지금은 다행히 몸에 암은 없다.

건강하시기를 기도드립니다. 평화를 빕니다.

두 번째 폐렴에 걸렸다

7월, 항암과 방사선 치료까지 끝나고 넉 달이 지났다. 좀 살 만해졌다고 여행을 떠나고 싶었다. 편백나무 가득한 곳에서 좋은 공기를 마시고 싶었다. 지리산 둘레길도 좋은 선택이다. 고개만 돌리면 바다와 오름이 한눈에 들어오는 제주도는 언제나 일순위다. 그동안 면역력이 떨어져서 가지 못한 맛집 기행도 구미가 당긴다. 마음은 이미 산티아고 순례 길을 걷고 있다. 히말라야 트레킹은 또 어떠한가.

코로나19가 유행하기 전이라 해외여행이 가능한 때였다. 하지만 아직 가슴에 케모포트도 있고 해서 장거리 비행기 여행은 허락되지 않았다.

좀 다른 것을 계획해볼까 하다가 국내 야구장 순례를 떠올렸다. 잠실과 목동 야구장만 가본 터라 전국 야구장을 한 번씩 직관하는 것도 흥미 있게 느껴졌다.

첫 방문지는 부산 사직 야구장이었다. 프로야구가 시작될 때부터 베어스 어린이 팬클럽 회원임을 자랑했지만 응원은 홈팀이라 자이언츠 쪽으로 자리를 잡았다. 열정적으로 응원에 동참해야 하는 응원단석 바로 앞이었다. 3회 초까지 타자 일순하니 선수들의 응원가도 귀에 익었다. 4회부터는 응원 동작과 응원가도 대충 따라할 수 있었다.

그해 하위권에서 벗어나지 못하고 있었던 자이언츠는 그날은 경기 초반부터 상대를 압도했다. 홈팬은 열광했다. 함께 신나서 목소리를 높였다. 자이언츠 응원의 상징인 주황색 쓰레기봉투 머리에 쓰기에도 동참했다. 경기는 자이언츠의 승리로 끝났다. 승리는 언제나 행복하다.

문제는 야구장까지 밀려든 서늘한 밤바람이었다.

면역력이 많이 올라왔지만 아직 정상은 아니었다. 마스크도 쓰지 않았다. 부산의 이른 더위만 생각해 옷도 반소매였다. 몸이 차가우면 면역력도 떨어진다. 여름에도 감기 바이러스는 있다. 독감 바이러스의 사촌 격인 코로나19가 지구의 남반구와 북반구를 가리지 않고 여름에도 기승을 부리는 것을 보면 알 수 있다. 네 시간 가까이 그 바람을 맞고 소리를 질렀으니 건강한 사람도 병이 날 수 있었다. 그날 밤 광안리 해수욕장까지 갔던 것이 더 큰 화를 불렀다. 밤새 설사를 했다.

다음 날 곧바로 서울로 올라왔지만 열이 나기 시작했다. 39.5도. 결국 다시 응급실로 가야 했다. 4차 항암 이후 두 번째 폐렴에 걸린 것이다. 그것도 한여름에. 응급실에서 찍은 CT상에 폐렴이 심하지는 않았다. 그날만 항생제를 수액으로 맞고 퇴원해서 먹는 항생제로 치료하고 외래로 진료를 보기로 했다. 주치의는 응급실까지 내려와 상태를 살폈다.

"다행히 괜찮군요. 그래도 조심하셨어야죠."

짧은 한 소리를 들었다.

부산에 계시는 수녀님은 후배 수녀님을 응급실까지 보내 기도해주셨다. 물론 우연히 수녀님께 톡이 왔고, 사실 저 응급실이라고 답하자 안타까워하며 기도가 도움이 될 것이라며 그렇게 해주셨다. 처음 만난 수녀님은 복잡한 응급실 침대 옆에서 짧게, 그러나 담담하게 쾌유를 빌어주셨다.

정상이 아닌데 정상인 척하면 탈이 난다. 욕심은 언제나 화를 부른다. 마스크를 쓰고 숲속 산책 정도가 적당했는데 무모한 계획이었다. 7월은 폐렴에서 회복하느라 또 지워졌다. 전국 야구장 순례 계획은 처음이 마지막이 되었다.

'근본이 엉망인데 결과치가 올바르게 나오는 일은 없다(其本亂而末治者, 否矣)'라는 『대학』의 글귀가 생각났다.

운명이 흔들리니 궁금해졌다

점을 보았다. 운명이 흔들리니 궁금해졌다. 정해진 길을 건는 거라면 사주에 어떻게든 나와 있을 것 같기도 했다. 보이지 않는 것을 보는 사람이 있다면 한번 의견을 들어보고 싶었다.

『이기적인 유전자』를 쓴 리처드 도킨스는 『만들어진 신』에서 "신이 없어도 인간은 충분히 열정적이고 영적일 수 있다"라고 주장했지만 죽음에 가까이 가본 사람이라면 초월적 존재에 대해 그렇게 쉽게 부정하기 어렵다.

지인을 통해 몇 년 전 신 내림을 받은 사람을 소개받았다. 또 부산이었다. 토요일 열두 시에 만나기로 하고 KTX에 몸을 실었다. 작은 빌라의 가정집 방 하나가 신방으로 차려져 있었다. 방에 들어가기 전에 물을 마실 것을 권유받았다. 한 모금 마시고 숨 한 번 크게 쉬고 들어갔다.

"멀리서 오셨네요. 뭐가 궁금하세요?"

"다른 거 말고 저만 봐주세요. 제가 죽을까요?"

이름도 나이도 아무것도 묻지 않고 조금도 머뭇거림 없이 대답이 나왔다.

"아니요. 당신은 죽지 않습니다."

"왜죠?"

"죽을 사람의 주변 또는 가슴에는 거무스름한 기운이 보입니다. 사신이라고 할 수 있죠. 잡귀일 수도 있습니다. 그런데 문을 열고 들어오실 때부터 죽 봤는데, 깨끗했습니다. 아무것도 보이지 않았습니다."

아프고 아팠다고 말했다. 그리고 다시 물었다. 대답은 같았다. 확신한다고 거듭 말했다.

그러고는 집 주소를 물었다. 영화 〈신과 함께 2〉를 봤느냐면서, 거기에서 마동석이 연기한 집을 지키는 성주신 얘기를 했다. 자신이 모시는 할머니가 저세상에서 성주신과 대화를 하므로 우리 집의 성주신에게 나에 관해서 물어보겠다는 설명이었다. 그럼 아파트 동호수마다 다 다른 성주신이 있을까 하는 의문이 들었지만 묻지 않고 주소를 건넸다.

주소를 받고 나서 잠시 생각에 잠기는 듯했다. 그리고 주문 같은 것을 중얼거렸다. 알아들을 수 없는 방언이 이어졌다. 그러고 나서 다시 이야기를 시작했다.

"아픈 것은 그냥 지나가는 일이에요. 바람처럼요. 걱정할 필요 없습니다. 운동 뭐 좋아하세요?"

"달리기가 취미입니다."

"달리기보다는 산을 더 많이 가세요. 산에서 좋은 기운을 받을 수 있습니다."

이런저런 얘기를 나누다 보니 30분이 훌쩍 지나갔다. 그런데 갑자기 무녀의 눈빛이 변했다. 찰나의 시간이 흐르자 조심스럽게 말을 시작했다.

"혹시 최근에 주변 사람 중에 유명을 달리하신 분 없나요?"

"없습니다. 다만 누나의 시어머니께서 중환자실에서 연명 치료 중이신데, 현재 자발 호흡을 못 하고 산소호흡기에 의존하고 있어요."

"그렇군요. 그럼 그분인 것 같은데, 영훈 님 주변을 잠시 머물렀다 가셨어요. 인사를 하는 것처럼요. 코마 그러니까 혼수 상태여도 혼백은 드나들 수 있습니다."

크게 신경 쓰지 않고 십여 분 더 이야기하고 나왔다. 산에 가보라는 말도 있었고 귀경 열차 시간까지 아직 여유도 있고 해서 통일신라의 승려 의상이 창건한 범어사로 발길을 옮겼다. 그런데 범어사역에 내리자마자 누나에게 전화가 걸려왔다. 시어머니가 조금 전 운명하셨다고 했다.

소름이 돋는다는 말로는 부족했다. 바로 신당에 전화를 걸어 이 사실을 얘기했다.

"아프셨기 때문에 기가 약해져 있어 장례식장은 가시면 안 됩니다. 가시면 제가 앞으로 오래 살 거라고 했던 말을 보장할 수 없습니다."

"그럼 어떻게 하죠? 안 가볼 수는 없는데요."

역시 주저함 없이 답이 나왔다.

"잡귀들은 뾰족한 것을 싫어해요. 바늘 같은 거요. 음…… 그런데 '꽃게 발'을 특히 무서워합니다. 양복 양쪽 주머니에 하나씩 넣고 갔다가 나오면서 버리세요."

처음 들어보는 말이었다. 하지만 제정신이 아니었다. 서울로 올라가 시키는 대로 하고 밤 열한 시에 장례식장을 찾았다. 문상을 마치고 눈시울이 붉어진 누나를 잠시 불러 말했다.

"좀 황당하겠지만, 내 주머니에 꽃게 발이 있어. 잡기와 액운을 막아준다고 해서."

"어머? 그래? 누나도 알아. 들어봤어. 잘했다. 그리고 집으로 돌아갈 때 바로 가면 안 되고 세 곳은 들렀다 가야 한다."

이유는 더 묻지 않았다. 누나도 알고 있었다는 것이 놀라울 따름이었다. 꽃게 발이라니. 세상에는 다양한 형태의 미신이 존재했다. 그리고 그 한가운데에 내가 있다는 사실도 신기했다. 그렇게 마지막까지 혼이 나간 듯 돌아다니다 집으로 들어가니 소금 세례가 기다리고 있었다.

재발을 막을 방법은 없다

재발을 막을 방법은 없다. 주치의의 말이다.

현재로서 림프종 생존자들이 할 수 있는 것은 잘 먹고 잘 자고 운동하고 정기적으로 검사를 받는 것이 전부다. 다른 암 생존자도 상황은 크게 다르지 않다.

림프종 중에 소포성은 유지 치료를 하기도 하는데 재발을 조금 늦출 뿐 생존율에는 영향이 없다는 연구 결과도 있다. 특히 내가 걸린 미만성 거대 B세포 림프종(DLBCL)에는 적용되지 않는다.

DLBCL에도 두 종류가 있다. GCB형(Germinal center B-cell-like)과 ABC형(Activated B-cell-like)이다. GCB형의 5년 생존율은 60퍼센트, ABC형은 35퍼센트라는 통계가 있다. 진단서에서 ABC형이라고 씌어 있는 것을 봤을 때 그래서 충격이 더 컸다.

림프종에 의한 사망은 재발인 경우가 많다. 항암 치료에 내성이 생겨 약이 더 이상 듣지 않는 상태가 되기 때문이다. 재발 시에는 조혈모세포 이식을 한다. 이마저도 듣지 않으면 사망으로 이르게 된다.

현재 적지 않은 신약이 개발되어 임상 시험도 이어지고 있다는 것은 그나마 다행이다. 그러나 신이 내린 치료제라고 불리는 면역세포 치료제 CAR-T(키메라 항원 수용체 T세포 요법)는 한국에서는 아직 정식으로 치료에 사용할 수 없다.

CAR-T의 원리는 간단하다. 몸의 면역 세포 중에서 T세포를 추출해 암세포를 인식할 수 있도록 만든 뒤 다시 몸속으로 집어넣어 암을 공격하게 한다. 문제는 돈이다. 한 사람에게 맞춰진 치료제이다 보니 비쌀 수밖에 없다. 미국에서 보험이 없는 외국인이 치료받을 경우, 약값만 노바티스의 킴리아(Kymriah)의 경우 47만 5천 달러, 길리어드의 예스카르타(Yescarta)의 경우 37만 3천 달러에 달한다. 입원비와 추가 치료비까지 더하면 총 1백만 달러, 한화로 11억 3천만 원이 들어간다고 한다. 말도 안 되게 어마어마한 가격이다. 집 한 채가 날아간다.

지난 20년간 B세포 계열 림프종 치료의 중심이 되어온 리툭시맙은 암세포에 발현된 CD20을 항원으로 하는 단일클론항체 치료제다. 최근에는 항암에 불응하는 B세포 림프종 환자를 대상으로 이중특이성 항체, 즉 CD3와 CD20 항원에 함께 작용하는 약들이 시험 단계에 있다.

이처럼 신약 개발이 활발하지만 여전히 림프종의 재발 자체를 막을 방법은 현재로서는 없다. 그래서 스스로 당장 할 수 있는 방법을 찾아보았다.

그 가운데 하나가 '암 대사치료'다. 암세포의 탄수화물, 단백질, 지방 등에서의 대사적 특성을 역으로 이용해 암이 살기 힘든 미세 환경(microenvironment)을 만드는 것이다. 쉽게 말해 암을 배고프고 가난하게 만들어 무력하게 하거나 굶어 죽게 하는 것이다. 직접적으로 치료되지 않더라도 항암 치료, 방사선 치료와 병행하면 암이 살기 힘든 환경을 만들 수 있기에 암 치료에 보다 효과적일 수 있고 항암이 끝난 뒤에는 재발을 막을 수도 있다는 논리다.

물론 주류 의학은 인정하지 않고 있고 정식 의학 교과서에서도 다루지 않는다. 그렇지만 영미권 의사는 물론 한국에서도 일부 기능의학 의료진에 의해 연구와 임상 시험이 이뤄지고 있다. 일반인이 참고해 볼 만한 책으로는 『암을 굶기는 치료법』(Jane McLelland, 한솔), 『대사치료, 암을 굶겨 죽이다』(Nasha Winters·Jess Higgins Kelley, 처음북스), 『먹어서 병을 이기는 법』(William W. Li, 흐름출판) 등이 있다.

암 대사치료의 개념 중에는 이미 주류 의학에 들어와 있는 것도 있다. 가장 대표적인 것이 PET-CT다. PET-CT는 암세포가 포도당을 많이 먹는다는 것을 이용한 검사법이다. 포도

당에 방사성 물질을 붙여서 몸에 넣으면 암세포가 빨리 가져다 쓰기 때문에 그곳만 색깔이 달라진다. 몸 어디에 암이 전이돼 있는지 살펴보는 데 주로 이용된다.

백혈병 등에 쓰는 엘-아스파라기나아제(L-asparaginase)라는 약물은 일종의 소화효소와 같은 것이다. 세포는 살기 위해 아스파라진이라는 물질이 필요한데 정상 세포는 이를 만들 수 있는 반면에 암세포는 못한다. 이 약은 몸에서 아스파라진을 분해시켜 암세포가 살 수 없게 한다.

중추신경계 전이를 막기 위해 예방적으로 척수에 투여했던 메토트렉세이트(MTX)는 엽산(Folate, 비타민B9) 관련 효소의 대사를 방해함으로써 DNA 합성을 억제해 항종양 효과를 낸다.

만병통치약은 없다

최근 기생충 약이 암 환자들에게 큰 인기를 끌었다. 외국에서 폐암 환자가 구충제를 먹고 나았다는 소식이 유튜브를 통해 알려지면서 국내 약국에서 품절되는 사태에 이어 해외에서 직접 구매하는 경우까지 생겼다. 하지만 그 해외 사례는 면역항암제를 동시에 사용한 경우였다고 뒤늦게 알려졌다.

만병통치약은 없다. 한 가지 약으로 모든 암을 고친다는 발상은 출발부터 무리한 것이다. 안 되는 것은 안 되기 때문이다.

암 대사치료 역시 수술, 항암, 방사선 등 기존 치료와 병행할 때 의미가 있다고 생각한다. 인류가 개발한 모든 수단을 동원하는 것이다. 암 대사치료는 암세포가 포도당은 기본이고 아미노산인 글루타민이나 지방산까지 탐욕스럽게 먹고 커간다는 전제하에 몸이 상하지 않는 수준에서 혈당을 낮추고 지질 수치도 떨어뜨려보자는 전략이다. 그렇게 굶기고 흔든다. 이를 위해 효과가 있다고 알려진 약과 보충제를 써보는 것이다.

먼저 기존 약 가운데 항암 효과를 기대할 수 있는 약을 오프라벨(Off-label), 즉 허가 범위 외로 사용한다. 일반 의약품도 있지만 대부분 전문 의약품이다. 의사의 처방이 반드시 있어야 한다.

제인 매클러런드Jane McLelland는 『암을 굶기는 치료법』에서 영국의 암 치료 병원인 '케어 온콜로지 클리닉Care Oncology Clinic'을 소개했다. 이 병원은 당뇨병약인 메트포르민, 고지혈증약인 아토르바스타틴, 항생제인 독시사이클린, 기생충약인 메벤다졸 등 네 가지 약물로 암을 치료한다.

자궁경부암 환자인 제인은 여기에 혈관확장제 디피리다몰과 에토돌락, 셀레콕시브 같은 비스테로이드성 소염제도 사용했다. 저용량 날트렉손 요법도 소개했다. 로라타딘 등 항히스타민제도 써보았다. 암세포의 대사를 억제하고 암이 확산하는 생체 신호를 차단하기 위해서였다.

이런 약들은 효과를 차치하고서라도 약 설명서를 읽어보면 이미 알려진 부작용이 충분히 많다. 위장 장애는 기본이고 출혈까지 이어질 수 있다. 임의로 사용했다가는 큰 부작용을 넘어 생명까지 위협받을 수 있다. 나아가 항암제와 상호작용을 일으켜 오히려 나쁜 결과를 초래할 수도 있다.

어떤 약을 어떻게 쓸지는 반드시 환자 본인 또는 보호자가 기능 의학 병원, 내과, 가정의학과 등 전문의와 상의하고 처방받아서 복용해야 한다. 대사치료에 'TMI', 즉 쓸데없이 너무 많은 정보란 없다. 많이 알수록 도움이 된다. 효과는 물론이고 특히 부작용에 관해서라면 더욱 그렇다.

물론 종양내과 주치의와 이 부분까지 논의할 수 있으면 좋겠지만 실제로는 말도 꺼내기 어려운 것이 현실이긴 하다. 미신 취급당하기도 한다. 결국 대사치료를 해본 의사의 지도 감독 아래 시도해야 한다. 우리가 하는 시도가 병을 치료하거나 막아내야지 반대로 병을 악화시키거나 일으키면 안 되기 때문이다.

다음으로는 베르베린, 퀘르세틴, 녹차 EGCG, 우르솔산, 강황, 레스베라트롤, 하이드록시시트레이트, 글루코사민, 비타민D, 맥주효모, 오메가3, 췌장효소, 2DG, DCA, 멜라토닌 등의 보충제다. 혈당을 조절하고 염증을 줄이며 지질 대사와 글루타민 대사도 방해하는 등 위에 언급한 약들과 유사한 방법으로 암세포를 괴롭힌다. 세포 실험이나 동물 실험 또는 사람을 대상으로 한 조사에서 일부 효과가 있다고 알려진 물질들이다. 물론 3상까지 거치는 임상 시험을 통과했다면 약으로 나왔겠지만 거의 대부분 그 수준에 도달하지는 못했다.

녹차 성분이 암에 효과가 있는지 알려면 미국 국립보건원의 펍메드(pubmed.ncbi.nlm.nih.gov)에서 무료로 논문을 쉽게 찾아볼 수 있다. green tea, cancer 이런 단어들을 검색어로 넣어보는 것이다. 요즘은 구글 번역이나 파파고 등의 인터넷 번역기 성능이 상당해 영어가 서툴러도 대강의 뜻은 알 수 있다.

가장 큰 난제는 암에 효과가 어느 정도 입증되었다고 하더라도 제대로 효과를 보려는 수준에 닿으려면 혈중 농도가 상당히 높아야 한다는 점이다. 녹차로는 수백 잔을 한 번에 마셔야 할 정도다. 해당 성분을 고농도로 섭취하기 위해 보충제 형태로 먹는 경우가 많다. 보충제로 만들었다고 해도 흡수가 안 돼 생체이용률이 떨어지거나 반대로 너무 많이 먹거나 특히 항암 중이라면 간과 신장에 부담을 줄 수 있다. 환자나 보호자 개개인이 꼼꼼히 주의해야 한다. 주치의도 간 수치가 올라가면 녹즙이나 보충제를 먹고 있느냐고 확인할 정도였다.

보충제와 오프라벨 약을 먹는 암 환자나 암 생존자라면 실리마린이나 시메티딘 등 간이나 위 보호제를 추가할 것을 고려해야 하고, 특히 동네 병원에서라도 한 달에 한 번 혈액검사를 통해 간과 신장 등이 안녕한지 확인해야 한다고 생각한다. 물론 어떤 보충제를 얼마나 먹을지 보호제로 무엇을 선택할지 역시 대사치료를 받겠다고 정한 병원의 의사와 꾸준히 상담해야 한다.

비타민C를 주사로 맞은 것은 2차 항암을 끝내고 나서다. 항암 부작용을 줄여보기 위해 묻고 찾고 하다가 한 병원을 알아냈다. 그때 처음으로 고농도 비타민C 정맥주사(IVC)에 대해서 배웠다. 미국 리오단 클리닉Riordan Clinic이 이를 중점적으로 연구하고 있다. 이 클리닉의 프로토콜을 배워서 국내에서 시행하는 병원도 몇몇 있는데 그 가운데 하나였다.

처음에는 항암에 영향을 줄까 봐 항암 치료를 하는 주는 제외하고 나머지 이 주 동안 주 2회씩 90~100그램에 해당하는 비타민C를 맞았다. 이후 항암 치료 내내 계속했고 지금은 주 1회 90그램씩 일 년 이상 계속하고 있다. 고농도의 비타민C를 정맥을 통해 주입하면 체내에서 암세포에 산화적 스트레스를 주게 된다. 물론 먹어서는 치료 용량까지 혈중 농도를 올리기 힘들다는 의견도 있다.

미국 식품의약국FDA은 IVC를 암 치료제로 승인하지 않았다. 현재 암 치료에 효과가 있는지 여부를 알기 위해 다양한 연구기관에서 임상 실험을 진행하고 있다. IVC 역시 G6PD 효소 정상 여부(결핍 시 용혈성 빈혈 위험)를 사전에 확인해야 하고, 신장 결석을 유발할 우려도 있어 당연히 의사의 지도 아래 몸 상태를 봐가며 천천히 용량을 높여야 한다. 다행히 현재까지는 큰 탈 없이 진행하고 있다.

서울대병원 혈액종양내과의 고영일 교수는 2020년 7월 4일 『동아일보』와의 인터뷰에서 "최근 3년 전부터 『셀』, 『사이언스』 등 세계적인 과학 저널에 고용량의 비타민C를 투입하면 혈액암을 유발하는 돌연변이 백혈구의 기능이 정상으로 돌아간다는 것이 동물 실험에서 입증되었다는 논문이 실리고 있다. 사람을 대상으로 임상 시험까지 진행되지 않은 점은 아쉽지만 비타민C의 부작용이 크지 않아 환자들에게도 섭취를 권하고 있다"라고 말했다. 고농도 IVC는 혈관통이나 심한 갈증, 두통, 어지럼증도 유발할 수 있어 따뜻한 물을 중간에 마시거나 주사 부위를 따뜻하게 해주면 도움이 된다.

"음식으로 못 고치는 병은 의사도 못 고친다"라는 말이 서양 의학의 선구자 히포크라테스의 명언으로 알려져 있지만 정말로 그렇게 말했는지는 출처가 모호하다. "음식이 약이 되도록 하고 약이 음식이 되게 하라(Let food be thy medicine, and let medicine be thy food)", 이 말 역시 2013년 다이애나 카데나스 Diana Cardenas가 연구한 결과, 히포크라테스의 어떤 저서에도 보이지 않는다고 한다.

히포크라테스는 『히포크라테스 전집』에 수록된 「섭생에 관하여De Alimento」에서 "음식에서 훌륭한 약을 찾을 수도 있고 나쁜 약을 찾을 수도 있다. 좋고 나쁜 것은 상대적이다"라고 말했다. 이것이 진짜로 히포크라테스적인 말이라고 생각된다. 보충제든 약이든 상대적이다. 타인에게 효과가 있다고 해서 자신에게도 효과가 있다고 할 수는 없다.

살얼음판을 걷는 기분으로 재발을 막기 위해 노력하는 마음은 어느 환자나 다르지 않다. 조금이라도 자신에게 맞는 방안을 찾는 것에 힘을 쏟아야 한다. 대사치료가 효과가 있다고 말하지 않았다. 아직 미지의 세계다. 그러나 탐험은 인간의 본성이다. 최선을 다해볼 뿐이다.

암 생존자의 살아가기

품격 있는 죽음, 즉 존엄사의 제도적 정착을 위해 헌신해온 윤영호 서울대 의대 가정의학과 교수(한국건강학회 이사장)의 『습관이 건강을 만든다』를 처음 읽은 건 2017년 겨울쯤이었다. 암 생존자가 암을 겪은 후 어떻게 건강을 되찾았는지를 다룬 책이다.

이 책을 읽은 지 일 년도 채 안 돼 내 이야기가 될 줄은 꿈에도 몰랐다.

어느 날 윤 교수는 저녁 식사 중에 내게 이렇게 물었다.

"한국에 암 생존자가 몇 명이나 될 것 같아요?"

"한 십만 명? 많아야 이십만 명 정도 아닐까요?"

"아닙니다. 백만 명이 훨씬 넘어요. 이제는 암 생존자에 대한 정책 마련이 필요합니다."

실제로 정부가 2020년에 발표한 '2018년 국가암등록통계'를 보면 암을 진단받은 뒤 5년 이상 생존한 사람은 116만 명에 달한다. 최근 5년간(2014~2018년) 암 환자의 '5년 상대 생존율'은 70.3퍼센트로 높아졌다. 의학의 발달로 10명 중 7명이 암에 걸려도 살아남는다는 것이다. 이 암 생존자, 다들 어디서 어떻게 지내고 있는 걸까.

암이 몸에서 떠났다고 느꼈을 때 제일 먼저 이 책을 꺼내 들었다. 그리고 한 글자 한 글자 다시 읽었다. 암을 앓고 나니 완전히 다르게 느껴졌다. 모든 글자가 살아 움직였다. 그리고 가슴에 와닿았다.

이 책에서 암 생존자 220명의 건강 비법을 모아보니 다음과 같았다.

1. 긍정적인 마음 갖기.
2. 적극적인 삶 살기.
3. 규칙적으로 운동하기.
4. 건강한 음식 바르게 먹기.
5. 금연과 절주하기.
6. 정기적으로 건강검진 받기.
7. 과로는 금물! 나에게 맞는 생활하기.
8. 사랑하는 사람들과 함께하기.
9. 사람들에게 마음 베풀기.
10. 종교 생활하기.

이 열 가지를 실천하며 암 없는 삶을 살아가고 있다는 것이다. 쉽게 보일 수 있지만 암 생존자에게는 어려운 주문이다. 1번부터 막힐 수 있다. 절대적인 절망을 겪었는데 긍정으로 돌아서야 하기 때문이다. 하지만 암에 걸렸다는 사실을 받아들이는 순간 해결되었다. 바닥을 경험하니까 치고 올라올 수 있었다. '그래 걸렸다. 어쩌겠어.' 그런 마음 말이다.

재발의 두려움 때문에 소극적이기 쉽다. 나는 항암 치료 중에 출근하는 모험을 감행하면서 삶의 궤도를 되찾아갔다. 운동은 나의 힘이다. 암 후유증으로 인한 통증은 걷기 시작하면서 오히려 줄어갔다. 건강한 음식 먹기와 금연, 절주는 습관을 바꾸는 것이라 사실 간단치 않지만 꾸준히 노력하고 있다.

나에게 맞는 속도를 찾는 것 역시 진행형이다. 회사 일은 그 자체의 속도를 갖고 있다. 내가 어쩔 수 없는 부분이 있다. 배려를 받고 있지만 결국은 나 자신이 해나가야 한다.

'사랑하는 사람들과 함께하기'와 '사람들에게 배풀기'는 그동안 혼술과 혼밥으로 보냈던 생활을 반성하면서부터 출발했다. 나이가 들면서 마음에 맞지 않는 사람은 밀어내기만 했다. 새로운 사람은 가능한 한 만나지 않으려고 했다. 편한 것만 찾으려는 심보다. 조금 불편해도 사람을 만나야 한다. 모든 문제의 출발점이 사람이지만 해결의 시작도 사람이기 때문이다.

종교관도 바뀌었다. 절대자의 존재를 믿게 되었다. 혼魂이란 것도 있는 것 같다. 하지만 아직 특정 종교를 갖기에는 신앙심이 생기지 않는다. 다만 내가 어쩔 수 없는 영역이 있다는 것을 받아들인다. 내 의지와 힘으로 할 수 없는 부분이 있다고 인정함으로써 모든 걸 책임지려는 생각에서 벗어날 수 있었다. 내 탓이 아니야. 마음의 짐을 덜었다.

오늘 하루는 저 십계명을 잘 지켰나요? 스스로에게 묻는다. 지키지 못해도 괜찮다. 내일이 있기 때문이다. 내일이 있다고 믿을 수 있게 되었다는 것이 얼마나 기적 같고 소중한 일인가. 한때는 내일을 장담할 수 없었다. 이제는 다시 하나씩 지켜나가면 된다.

마음이 그려내는 여유, 암 환자의 생존법이다.

4부

간다, 다시

인연을 찾아다니다

몸이 어느 정도 회복되니 인연들이 떠올랐다. 응원을 보내준 이들부터 그저 그리운 이들까지. 만나서 인사하고 싶었다.

'잘 있었어? 그래 살아 있으면 됐지.'

이 한마디를 나누고 싶었다.

암으로 죽었으면 다시 못 봤을 인연들이다. 아프지 않고 살았다면 무소식이 희소식이라 여기며 쉬이 연락하지 못했을 사람들이다.

첫 항암 치료 때 임사 체험 속에 등장했던 대학 동기들을 우선 찾았다. 무의식에 행복의 상자가 있다면 거기 있을 친구들이다.

기자로 일하다 회의를 느껴 한의사가 된 친구가 대구에서 개원하고 있었다. 십여 년 만에 만난 친구의 얼굴을 보니 미소만 나왔다. 비 오는 토요일 오후, 진료를 서둘러 마무리한 그와 점심을 함께했다. 지난 세월을 다 이야기하기엔 짧은 시간이었지만, 그래도 좋았다.

이렇게 만나면 다른 선후배들의 소식도 듣게 된다. 누가 어떻게 살고 있다는 이야기를 들으면 내가 살고 있는 시공간이 보다 확실하게 느껴진다. 다른 모습으로 지내고 있지만 같은 시간을 통과하고 있기 때문이다.

볕이 좋은 어느 날, 서울의 한 대학교에서 교편을 잡고 있는 친구도 만났다. 그가 자주 찾는다는 술집 겸 찻집에 들어갔다. 분위기는 대학로의 학림다방을 연상케 했다. 오래된 것이 주는 전면적인 편안함. 처음 갔지만 익숙함이 느껴졌다. 우리는 친구 맞다.

과거의 그는 항상 웃고 겸손했다. 하지만 지금은 아니었다. 조직이라는 틀에 들어가면 옥죄는 방식만 다를 뿐 억압의 본질은 동일하다. 그도 나도 마찬가지였다. 약간의 욕지거리를 섞어가며 내뱉는 이야기가 사실 위로의 본질일 수 있다. 같은 방향을 보고 소리 지르는 것이니까. 답은 없어도 힘이 되는 그것. 한동안 하지 않고 지냈던 일이다.

사회 초년병 시절에 함께 고생했던 후배를 만나기 위해 안동을 찾기도 했다. 힘든 순간을 공유하면 전우애 같은 것이 생기는데 이 후배가 그랬다. 점심을 먹고 나서도 할 말이 남아서 퇴근하길 기다려 저녁까지 먹었다. 대화는 십 년 전과 현재를 오갔다. 말의 성찬이었지만 본질은 사람 자체에 있었다.

저녁까지 기다리는 동안 월영교를 걸었고 도산서원도 처음으로 다녀왔다. 만물에 고요함이 깃들어 있는 안동은 공간 자체로 위로가 되었다. 나뭇잎이 바람에 흔들리는 소리를 느낄 수 있었다. 차가 없어서였을까, 받아들일 수 있는 마음이 다시 생겼기 때문일까.

어둠이 짙게 깔린 고요 속에서 나누는 이야기는 깊을 수밖에 없다. 헤어지고 나서 한 고택을 찾아 잠을 청했다.

마음의 후유증을 닦아내는 언어가 귓가를 맴도는 듯했다. 사람과 함께 말이다.

주변을 정리했다

주변을 정리했다. 암에 걸렸고 죽을 수도 있다는 말을 처음 들었을 때 뭘 해야 하나 며칠간 멍했다.

그러다가 뭔가 한 번도 정리하지 않고 살아왔다는 사실을 깨달았다. 수십 년간 사온 책, 입지 않는 옷, 쓰지 않는 기계들, 심지어 포장 상자까지.

살아온 시간만큼 쌓아오고 살았다. 몸속에 누적되었으면 병을 일으키기에 충분하고도 넘치는 양이리라.

휴대전화에 저장된 전화번호는 또 어떤가. 누군지, 왜 저장했는지 모르는 번호도 있다. 카카오톡 등으로 연동돼 있어 친구 목록에까지 뜬다. 사람은 연락하지 않으면 자연스럽게 관계가 끊기기 마련이다. 물론 친구 중에 몇 년에 한 번씩 연락되는 예도 있지만 말이다.

일 때문에 만났거나 이런저런 이유로 임시로 연락처에 저장해놨다가 숫자와 문자로 퇴화해 의미를 잃은 흔적이 상당수였다. 그래서 대청소 시간을 갖기로 했다.

먼저 이사할 때마다 짐이 되었던 책을 대부분 중고 시장에 내다 팔았다. 예전에는 책을 스캔해서 PDF 파일로 보관해놓기도 했지만 이마저도 거의 꺼내보는 일이 없어 과감하게 팔고, 팔리지 않을 정도로 훼손된 책은 버렸다. 주인을 잃은 책장도 함께 버렸다. 골라서 일부를 남기다 보면 한 권도 버릴 수 없을 것 같았다. 추억이 상당 부분 묻어 있기 때문이었다. 하지만 병에 대한 충격이 너무 커서 행동이 과감해질 수 있었다.

버리는 방법은 사실 간단하다. 가장 소중한 것부터 버리면 나머지는 쉽다. 소장한 책 중에 가장 아끼는 것으로 꼽을 수 있는 책이 『왕가위, 영화에 매혹되는 순간』이라는 화보집이다. 왕가위 감독의 코멘터리부터 미공개 컷까지 나를 매혹했던 그에 관한 모든 것을 담고 있다. "단 1분이라도 영웅으로 살고 싶어"라는 대사가 인상 깊은 〈열혈남아〉부터 "너와 나는 1분을 같이했어. 난 이 소중한 1분을 잊지 않을 거야"의 〈아비장전〉까지. 하지만 이 책을 버리기로 결정하면서 나머지 책도 남김없이 버릴 수 있었다.

수년간 입지 않은 양복도 내다 버렸다. 몸에 맞지 않는 옷은 옷 나눔 함에 넣었다. 훈장처럼 갖고 있던 마라톤화도 두세 켤레 남기고 다 버렸다. 왜 가지고 있었는지 모를 잡동사니들은 바로 재활용이나 쓰레기장으로 보냈다.

다음은 휴대전화 연락처 삭제하기다. 중복된 연락처는 프로그램을 사용해 합치고 기억나지 않는 연락처는 다 지웠다. 그러고 나서 카카오톡을 재설치하니 상당 부분 차단 없이 친구 목록에서 사라졌다. 그래도 남은 이상한 목록은 할 수 없이 차단 처리를 다시 해야 했다.

그다음은 컴퓨터 하드디스크 정리다. 누군가가 자신이 죽으면 하드디스크부터 포맷해달라고 유언한 것을 본 적이 있다. 사실 모든 기록이 컴퓨터 하드디스크 또는 클라우드 저장 장치에 들어가 있다. 필요 없다고 판단되는 파일들을 뭉텅이로 지워나갔다. 다만 클라우드에 쌓여 있는 사진 등은 그냥 두었다. 정말 죽음에 다다라 요양병원이라도 가게 된다면 그때 추억을 곱씹으며 하나씩 지우기로 했다.

추억은 어디에나 묻어 있다. 죽으면 가져갈 수 없는 것은 물건뿐만 아니라 기억도 마찬가지다. 영혼이 생을 기억하는지 알 수 없다. 신의 존재는 믿는다. 그러나 혼이 삶을 기억할지 확신은 없다. 형이상학은 어렵다. 그저 주변을 정리하고 나니 한결 마음이 가벼워졌다. 떠난 뒤에 남은 사람의 수고도 덜 수 있으리라 생각했다.

항암은 끝났고 아직은 살아 있다. 뭔가 많은 것을 사지 않으려고 한다. 물욕은 사라졌다. 흔적을 남기지 않는 삶, 나쁘지 않은 것 같다. 스산함이 한 방울 마음에 더해진 것은 가을 낙엽 때문이리라.

추락하고 나서야 내려놓는다

추락은 한순간이었다. 추락하고 나니 그 바로 직전, 그때가 정상이었다. 삶의 전성기였다. 추락하고 나서야 알게 된다. 그 전까지는 감도 잡을 수 없다. 그럴 일이 없다는 생각은 생각일 뿐이었고 현실은 나락이었다.

일단 추락해서 정신을 차리고 보면 그동안의 삶을 정리할 수 있게 된다. 아, 여기까지였구나. 특별한 사정이 생기지 않는 한 과거로 돌아갈 수는 없겠구나. 바닥에서의 생존법을 새로 익혀야겠구나.

누구나 올라갈 수 있는 산의 높이가 있다. 과욕을 부리면 치명상을 입는다. 그 높이를 알게 되면 겸손해진다. 떨어지기 전에 알았더라면 좋았을 것을. 바닥의 생존법을 찾아내야 한다는 점을 받아들이는 데도 일 년 가까운 시간이 걸렸다.

누구나 인정하고 싶지 않은 부분이 있다. 인정하지 못하면 우울해지고 자칫 극단적으로 자신을 내몰 수도 있다. 다행히 지금은 그 정도는 아니다. 밑바닥의 공기도 그리 나쁘지 않다. 살지 못할 정도는 아니다. 모든 유희를 빼앗겼지만 생명은 아직 붙어 있다. 생명까지 가져가지는 않았다.

살아 있다는 말인데, 그러면 어떻게든 살 수 있다. 내려놓을 수 있는 사람은 도인이나 성인, 부처나 예수님이다. 인간이 아무 일도 겪지 않고 가진 걸 내려놓기는 거의 불가능하다. 이렇게 추락하고 나서는 내려놓기 시작할 수 있다. 삶의 욕심 말이다. 바닥에서 욕망해봐야 비참함만 더해진다.

하여, 지금은 아무것도 없다. 아무것도 욕망하지 않는다. 하루하루 숨이 붙어 있음에 감사한다. 그리고 사람을 만난다. 많이는 아니지만 이야기하고 나누고 그러면서 이 세계에 있음을 확인한다. 어느 누구 하나 만족하고 행복하게 산다고 자신하는 사람은 만나보지 못했다. 불완전한 채로 살아가면 된다.

불완전한 삶. 돌이켜보면 삶이 완전할 때가 있었나. 그래 이 정도면 족하다. 또 다른 낭떠러지가 있다면, 그건 그때 가서 생각해보자.

없어도 살아진다

없어도 살아진다. 술이 그렇다. 열아홉 살 이후로 술 마신 날이 그렇지 않은 날보다 많을 텐데, 몸에 종양이 느껴져 대학병원을 찾은 그날 이후로는 딱 끊었다.

사실 입원실이 없어서 임시 퇴원한 그날, 집으로 곧장 가지 않고 고깃집으로 갔었다. 앞으로 상당 기간 동안 술을 떠나야 할 거라는 직감이 들었다. 그래서 저녁 반주치고는 많이, 소주 한 병과 맥주 한 병을 비웠다. 지금 생각해보면 항생제를 맞고 술이라니 미친 짓이었다. 그러나 최후의 만찬이라고 생각하고 달게 마셨다. 직감은 현실이 되었고 마지막 술이 되었다.

그럼에도 불구하고 없으면 못 살 줄 알았는데 없어도 살아진다. 그게 사는 건지는 별도로 하고.

없어도 살아진다는 것의 주어 자리에 술 대신 다른 단어를 넣어도 성립한다. 헛헛한 그 공식에 어떤 것을 대입해도 방정식의 근의 공식에 숫자를 넣으면 답이 나오듯 바로 성립한다. 일, 사람, 사랑, 친구…… 넣기에 아까운 어떤 단어로 치환해도 성립한다. 인간은 적응의 동물이고 무섭게 망각하는 동물이기 때문이다.

독일 철학자 테오도르 아도르노는 "아우슈비츠 이후 서정시를 쓰는 것은 야만적"이라고 했지만 그 이후에도 시는 쓰이고 있다. 그렇게 피를 흘리고도, 또 그렇게 아무렇지 않게 살아간다.

어느 건물 입구에 있는 부산한 카페에 앉아서 잡음 저감 헤

드폰을 쓰고 피아노 독주곡을 듣고 있다. 사람들의 발걸음과 수다는 진동으로만 전해진다. 카페라테 한 잔을 손에 쥔다.

잠시 세상과 단절된 공간을 만든다. 거기서 다른 공간에 정신을 보낸다.

저 멀리 유럽의 어느 차가운 벽돌로 된 길을 걸은 때로 돌아간다. 수년 전, 가장 무거운 생각에 빠져서 하염없이 걸었던 그 길. 그때도 술은 마시지 않았다. 지금처럼 커피 한 잔을 손에 들고 있었다. 지금은 봄이지만 그땐 가을이었다. 곁에 아무도 없었던 것도 지금과 같다. 오후 네 시 즈음, 시간도 같다.

그때 무슨 생각을 했는지는 기억나지 않는다. 너무 많은 것은 없는 것과 같다. 기록해두지 않기를 잘했다. 지금 보면 부끄러울 것이다. 한때 짓누르던 생각도, 없어도 살아진다. 없어도 괜찮을 수 있다. 고민한 것이 삭제 키 하나 누르면 순식간에 지워지는 것이라면 애초에 필요 없는 것이 아닐까? 지금은 어느 한 곳에 생각이 머물게 하지 않으려고 한다.

그렇다고 일부러 잊으려 하지는 않는다. 그냥 둬도 찾는 사람이 없으면, 기억하는 이가 없으면 존재하지 않는 것과 같다. 그러니 그냥 두기로 한다. 앞으로 어떻게 될지 모르는 불안도

언젠가는 시나브로 분명해지기에 더욱 그렇다.

다만 정명한 순간은 있다. 나 자신도 그 헛헛함의 공식에 의해 사라진다는 것은 대낮같이 명백하다. 한 사람이 없어도 세상은 살아진다. 그게 누군가에게 아무렇지도 않은지는 별도로 하고 말이다.

일 년 만에 다시 뛰었다

일 년 만에 다시 뛰었다. 항암 치료를 끝내고 후유증에서 좀 벗어났다고 말할 수 있을 때까지 걸린 시간이다. 뭔가 좀 해보려고 하면 폐렴에 걸리거나 부신호르몬이 부족해 기운이 없거나 하는 등 전에 없던 문제들이 발목을 잡았다. 몸이 어느 정도 제자리를 찾고 나서야 운동, 특히 달리기를 다시 시작했다.

문제는 뛰는 속도가 달리기라고 부르기에 민망한 정도였다는 것이다. 그전에는 10킬로미터 최고 기록이 52분가량이었는데, 1시간 15분이 넘게 걸린 것이다. 근육은 줄고 몸무게는 늘었다. 건강함과는 거리가 멀다. 뛰기 전에 살부터 빼야 한다. 살을 빼기 위해서는 역시 뛰어야 한다. 닭이 먼저인지 달걀이 먼저인지…….

타협점은 '걷뛰걷뛰'였다. 전력 질주했다가 천천히 달리는 인터벌 트레이닝이라고 하기엔 많이 부족했지만 있는 힘껏 뛰었다가 다시 걷기를 반복했다. 두 달 정도 하면서 먹는 것도 신경 쓰니 몸무게가 빠르지는 않아도 안정적으로 빠져갔다.

몸무게를 급속하게 줄이면 면역력도 함께 떨어질 수 있다. 요요 현상도 물론 따라온다. 가정의학과에서 몸 상태를 점검해가며 의지력 부족을 메웠다. 누가 지속해서 끌어주고 채찍질하면 큰 산도 옮길 수 있다.

천천히 일 년에 10킬로그램 정도 줄였다. 나이가 있어서인지 더 이상 빠지지는 않고 그 체중을 유지하는 선에서 운동과 식사를 조절하고 있다.

요즘 유행하는 케톤 다이어트나 간헐적 단식, 원 푸드 다이어트를 한 것은 아니다. 조금씩 해보니 오래가기 힘들다는 것을 알았다. 지방만 많이 먹는 것은 어느 순간 역겨움이 느껴졌다. 매일 16시간 금식하고 8시간 동안만 먹는 간헐적 단식은 사회생활과 맞지 않았다. 원 푸드 역시 지키기가 어려웠다.

평생 다이어트는 조금 덜 먹고 몸을 조금 더 움직이는 원초적 방법밖에 없는 듯했다. 하루에 땀이 날 정도의 속도로 30분 이상 걷거나 뛰면 암 생존율이 올라간다는 연구 결과가 있다. 꼭 논문으로 확인하지 않더라도 운동의 효과는 분명했다. 숨쉬기부터 편해졌다.

독소루비신이라는 항암제는 심장 근육을 약화시킨다. 이 때문에 항암 치료 때 심장 보호제를 함께 맞았다. 이후 심장이 불규칙하게 뛰거나 귀로 심장 소리가 들리는 것과 같이 불안한 상태가 이어졌는데 걷뛰걷뛰 하면서 거의 다 회복되었다.

의학적인 것은 잘 모르겠고 느낌은 확실히 좋아졌다. 약에 의존했던 혈당이나 고지혈증 조절도 운동하면서 훨씬 수월해졌다. 가장 놀라운 변화는 가족력으로 삼십 대 초반부터 먹었던 고혈압약을 더는 먹지 않아도 혈압이 조절되었다는 점이다. 고혈압이 불치병은 아니었다.

몸무게는 줄어갔지만 달리기 속도는 회복되지 않았다. 하지만 이런 걸로 스트레스를 받지 않겠다고 마음먹은 때를 떠올렸다. 다시 달릴 수 있는 것만으로도 행복하다. 더는 욕심이다. 그렇게 생각했다.

달리기는 두 번이나 구원의 동아줄이 되었다. 우울증에서, 그리고 항암 극복에서.

젊지 않다

젊지 않다. 늙음과는 다른 말이다. 요즘은 자기 나이에 0.8을 곱해야 제대로 된 나이라 할 정도로 100세 시대를 살고 있다고 하지만 나는 심정적으로 젊다는 것은 29살까지라고 생각한다. 나머지 70년은 나이가 들어감을 받아들이며 사는 거다. 42킬로미터를 뛰는 게 인생이라면 12킬로미터 정도에 해당한다.

젊음은 누구나 당첨되는 로또다. 기회는 기회인데 끝이 있다. 로또 당첨자가 그 많은 돈을 탕진하고 폐인이 되거나 범죄자로 전락하는 경우를 심심치 않게 본다. 탕진은 시간에도 해당한다. 탕진만의 매력은 있다. 마라톤에서도 초반에 힘이 넘칠 때 빨리 달리면 그것만큼 기분 좋은 것이 없다.

다시 오지 못할 것을 알기에 그래도 끝까지 가보는 것도 이해는 간다. 때론 모든 것을 걸어보는 것도 한 번쯤 해볼 만하니까. 그러나 그 대가는 허덕임이다. 공허가 유산이다. 너무 빨리 소진하면 우울이 엄습할 수 있다.

세상을 보는 가치는 항상 변한다. 진리는 너희를 자유롭게 하리라는 말도 어폐가 있다. 진리라면 변치 않아야 마땅하다. 그러나 불변의 진리라고 고집한다면 우리는 지금까지 달에 가보지도 못했을 것이고 질병도 이겨내지 못했을 것이다. 지구가 평평하다고 믿고 병은 악귀에게 씌어서 생겼다고 여길 것이기 때문이다. 변치 않는 진리는 감옥이다.

예외가 있다. 시간이다. 시간은 최소한 우리가 인식하는 차원에서는 한 방향으로 흘러간다. 평행우주라면, 달이 두 개 뜨는 하루키의 『1Q84』의 세계라면 물론 다를 수 있다. 시간이 역방향으로 가는 상황을 그린 영화 〈테넷〉은 그래서 잘 이해가 되지 않는다. 감독은 이해하지 말고 그냥 보라고 강권하지만 우리의 뇌는 이해하지 못하는 것은 밀어내게 되어 있다.

익숙하지 않은 맛의 음식은 바로 뱉어내도록 유전자에 각인되어 있다. 낯선 것은 독일 수 있기 때문이다. 맛집을 찾아가는데 대부분 우리가 아는 맛인 경우가 많다. 떡볶이, 짜장면, 만두, 돈가스 이런 평범한 음식을 잘하는 것에 환호하고 몇 시간을 줄 서서 기다려서 먹는다. 살진 거위 간인 푸아그라는 익숙해지지 않으면 맛이 없게 느껴진다. 송로버섯 기름 향을 받아들이는 데 꽤 시간이 걸렸다. 철갑상어 알은 무슨 맛인지 아직도 모르겠다. 세계 3대 진미라는 타이틀을 누가 부여했는지 의문이다.

멈춰 있는 것 같은 입맛도 노화에 따라 조금씩 변해간다. 할머니의 음식이 짜지는 이유다. 수년 뒤 다시 찾아간 맛집에서 맛이 변했다고 타박하기 전에 한 번쯤 자신의 미각세포가 변한 것은 아닌지 돌이켜봐야 한다.

모든 것은 결국 변한다. 이 사실만큼은 변하지 않는다. 인정을 늦게 하면 할수록 마음의 평안에서도 멀어진다. 충격을 분산 없이 한꺼번에 받을 수 있기 때문이다. 새롭게 주어진 속도에 맞춰 살면 된다. 상처나 통증이 쉬이 낫지 않는 것은 변화의 탓으로 여기면 된다.

췌장암 3기 환우를 만났다. 수술했는데 배 밖으로 췌장액이 흘러나온다고 말했다. 몸에 천공이 생긴 것. 꿰맬 수도 없어 그대로 흘렸다고 한다. 주치의도 염증이 생기지 않는 한 그대로 두라고 했다는 것이다. 백 일이 넘게 입원했다가 퇴원했을 때도 푸른색 액체는 몸 밖으로 흘러나왔다. 넉 달쯤 지나자 조금씩 아물어 거의 10개월 만에 몸에 난 구멍이 막혔다고 한다.

몸이 몸을 고치는 데에는 시간이 필요하다. 나이에 따라 회복 탄력성은 달라진다.

나이 듦은 약해짐의 동의어가 아니다. 차이 남이다. 시간이라는 긴 선상에서 위치가 변한 것일 뿐이다. 늙음은 죄가 아니라고 외친 박범신의 소설 『은교』가 떠오른다. 아무리 그렇게 소리쳐 봐도 거울 앞에 선 자신은 변하지 않는다.

데이비드 A. 싱클레어David A. Sinclair 박사가 쓴 『노화의 종말: 하버드 의대 수명 혁명 프로젝트』란 책도 있다. 책날개에 '노화는 질병이다. 치료할 수 있다!'고까지 씌어 있다. 노화를 질병으로 보면 태어나는 순간부터 우리는 모두 환자다.

100살에서 150살까지 살면 더 행복해질까? 150살까지 살려면 100년은 일해야 하지 않을까?

나이 듦에 한탄하지 말고 그저 다음 걸음을 걸으면 된다. 다행히 지금까지 너무 빨리 뛰지 않았다면 자신의 페이스에 따라 나머지 구간을 뛰면 족하다. 거부는 거부를 낳고 번뇌는 번뇌를 부른다. 젊지 않다. 이제 받아들이라고 스스로에게 나지막이 소리 내본다.

받아들일 때도 되었다. 뭐 어때 이러면서 말이다.

영화는

영화다

남자는 말한다.

"나는 바람처럼 자유로운 영혼이오. 바람은 스쳐갈 뿐 흔적을 안 남겨요."

여자는 말한다.

"그럼 바람처럼 갈 길 가요. 난 상관하지 말고요!"

가짜를 연기하다 보면 어느덧 진짜와 구분이 모호해지다가 결국 가짜가 진심이 되기도 한다. 장예모 감독의 2004년 영화 〈연인〉에서 금성무와 장쯔이는 서로가 서로를 속이는 연기를 하다 사랑에 빠진다. 그는 바람처럼 가라고 했지만, 그녀를 구하러 돌아오면서 진심은 드러난다.

여자는 말한다.
"왜 그런 일 해요?"
남자는 말한다.
"하던 일이니까."

장훈 감독의 2008년 영화 〈영화는 영화다〉는 영화 같은 현실과 현실 같은 영화가 중첩된다. 조직폭력배인 소지섭은 깡패 같은 영화배우 강지환을 만나 영화를 찍게 되지만 결국 자신이 몸담은 현실에서 한 걸음도 나아가지 못한다.

회사 생활을 하다 보면 일과 삶의 구분이 모호해진다. 분명 회사에서 하는 말은 배역에 따른 대사와 같은데 어느 순간 자신이 되어 있다. 집보다 회사가 편하다는 선배들의 말이 점점 이해되면서부터 멸망의 길이 시작된 것 같다. 명함이 자신이 되어버린다. 그러다가 황망하게 퇴직하면 그 공허는 뒷감당이 될까.

크게 아프고 나서야 다시 삶이 생겼다. 회사에서 몸과 마음을 떼어냈다. 병이 가져다준 선물이 있다면 바로 이것이다. 명함에서 앞뒤 수식어를 빼고 이름만 남긴 것. 그것의 소중함 말이다.

최근 회사에서 한 후배가 사표를 내고 스타트업으로 자리를 옮겼다. 공기업처럼 정년이 보장된 방송국에서 그 연차에 이직하는 경우는 거의 처음이었다. 덜 벌고 더 행복하기로 했다는 말이 와닿았다. 자신이 하고 싶은 일을 십 년 이상 회사에 다니고 나서야 찾은 것이다. 정확히는 자신을 찾아 떠난 것이다.

완전히 회복되지 않은 몸을 이끌고 회사로 돌아온 나의 선택과는 상당히 다른 모양새지만 결은 같다. 안에서도 자신을 찾을 수 있게 되었으니 떠날 필요가 없어졌기 때문이다.

다시 회사에서 직책을 맡으라는 제의에 그렇게 하겠다고 답하고 다음 날 CT를 찍으러 갔다. 스스로 건강을 재확인하고 싶었기 때문이다. 쉬기 위해 진단서를 무리해서 받는 예는 있어도 일하겠다고 진단서를 받는 경우는 거의 듣지 못했다.

물론 진단서는 자신에게 냈다. 그리고 자신을 다시는 잃어버리지 않겠다는 각서도 마음에 새겼다.

자신이 아닌 것이 몸과 마음으로 들어오면 괴물이 된다. 2003년 영화 〈매트릭스3: 레볼루션〉에서 스미스 요원은 네오를 흡수하지만 결국 최후를 맞게 된다. 네오는 그동안 복제(동기화)했던 대상과는 달리 각성한 자아였다.

깨어 있는 것이 삶이다. 현실은 현실이다.

나는 너를 지킨다

나는 너를 지킨다. 매력적인 말이다. 세상에서 단 하나의 멋진 문장을 꼽으라면 단연코 이 문장이다. 사랑하는 사람을 지키다 목숨을 잃는 장면에서 눈물을 흘리지 않는 이는 없을 것이다. 신파라고 하면 신파다. 누군가를 대신해서 줄 수 있는 가장 고귀한 것은 자신의 생명이리라.

누군가를 지키려면 사랑으로는 그래서 어렵다. 용기가 필요하다. 사랑은 누구나 한다고 말할 수 있지만 자신을 버려서까지 사랑하는 이를 지키려면 대체 불가능한 용기가 필요하다.

이 때문에 지킨다는 말은 함부로 할 수 없다. 책임에 따른 대가가 따를 수밖에 없다. 지킨다는 말은 맹세다. 상대와 자신을 묶는 말이다. 묶는 강도에 따라 하나가 될 수도, 허언이 돼 풍선처럼 날아갈 수도 있다. 영원히 네 곁에 있겠다는 것과는 비교할 수 없는 강도다.

사랑은 '곁에 있는 것'으로 정의된다고 생각한다. 반드시 몸이 붙어 있어야 한다는 얘기는 아니다. 그래선 많은 유형의 사랑이 배제된다. 먼저 하늘로 떠난 이를 사랑해 망부석이 된 이의 마음을 보라. 먼 거리에서 서로를 그리워하며 수년째 사랑을 이어가는 사람을 보라.

하지만 마음이든 몸이든 곁에 있는 것과 그 사람을 지킨다는 것은 급이 다르다. 수동적인 상태를 뜻하는 말과 능동적인 행동이 담긴 말은 무게가 다르다.

나는 너를 사랑한다는 말은 추상적이다. 그래서 '뭐 어쩌라고?'라는 반응이 나오면 난감해진다. 지킨다는 말은 아예 차원이 다르다. 뭐 어쩐다고? 널 지킨다고. 바로 답이 나온다. 나이가 들면서 지켜내야 할 사람들이 늘어가는데 그것만 생각하면 좀 처연해진다. 의무로서 지켜야 하는 것과는 다른 것이다.

영화 〈부산행〉에서 딸이 태어난 때를 떠올리며 선로에 몸을 던진 공유, 〈타이타닉〉에서 케이트 윈슬렛을 지키기 위해 차가운 물속에서 죽어간 레오나르도 디카프리오가 떠오른다. 〈아저씨〉의 원빈, 〈언니〉의 이시영은 또 어떤가. 〈다만 악에서 구하소서〉에서 딸을 구하는 황정민은 지킨다는 말이 무엇인지를 피칠갑 속에서 보여준다. '나는 너를 지킨다'라는 직접적인 대사가 극 전체를 관통하는 일본 애니메이션 〈바람의 검심: 추억 편〉을 처음 봤을 땐 눈물이 그치지 않았다.

지키지 못했을 때는 뺏어간 이에 대한 복수로 이어질 수 있다. 말의 무게가 만들어내는 후폭풍이다. 아내가 자신이 죽은 후에 사랑할 대상이 필요할 것이라며 남겨둔 강아지를 죽였다는 이유로 적어도 수백 명이 복수의 과정에서 죽어나가는 영화가 키아누 리브스의 〈존 윅〉 시리즈다. '그깟 강아지가 뭐라고!'라고 외쳤던 많은 조폭들은 지킨다는 말이 무엇인지 이해하지 못했다.

정작 살면서 누군가를 지킨다고 말했던 적이 없는 것 같아 부끄럽다. 아, 하나 더. 누군가를 지키려면 강해야 한다. 힘이 세야 한다거나 뭐 그런 식의 강함이 아니라는 것은 모두 알 것이다. 마음이 강하고 용기 있는 자만이 할 수 있는 말. 나는 너를 지킨다.

서프라이즈 파티였으면 좋겠다

'서프라이즈 파티'였으면 좋겠다. 하지만 다시는 받고 싶지 않은 선물. 이 병으로 결국 죽을 수도 있다는 생각이 엄습했다. 너무 흔한 재발 사례와 5년 생존율을 보니 그렇다. 물론 아니기를 바란다. 병이 다시 오더라도 아주 먼 후였으면 좋겠다.

요즘 열심히, 약간 과도하게 부지런히 살고 있다. 일과 삶 모두에서. 언젠가 죽을 거라면 열심히 살다 가고 싶다. 마지막까지 후회 없이. 피한다고 피해지는 것이 아니라면, 간다. 가고 있다. 가고 싶다.

'어디까지 가봤니?' 어느 항공사의 광고 문구다. 여행지만을 한정한 얘기는 아닐 것이다. 이 삶과 주변의 모든 것을 뒤로 하고 간다는 것은 애달프다. 어쩔 수 없는 것이라면 좋다.

모든 후회들이여, 안녕.

앞에 놓인 것은 죽음도 삶도 아니다. 너도 나도 아니다. 내일 해가 뜰지는 내일이 돼봐야 안다. 그저 기다림만 있을 뿐. 그 말만 있을 뿐. 그 말이 희망인지 절망인지 역시 모른다. 태초에 있던 그것으로 간다. 그저 있음. 있음을 자각하는 인식. 그것이 존재하는 한 간다. 기도가 향하는 방향이다.

갈 수 있게 하소서.

조금만 더. 조금 더. 연로하신 부모님보다 하루만 더 버티게 하소서. 마지막에 더는 갈 수 없을 때는 고요하게 하소서. 아무 말 없으소서. 마지막 한 잔의 술을 허락하심에 영광 드립니다. 그대여. 임이여.

잊어야 살 수 있다

보통명사가 잘 기억나지 않는 나이가 되었다. 얼굴은 떠오르는데 사람 이름은 입 속에서만 맴돈다. 피도 아닌 빨간색의 항암제가 몸속으로 역류해 들어올 때의 어이없던 고통도 이젠 기억이 희미하다. 망각의 힘 아닐까. 잊어야 살 수 있다. 오늘을 사는 힘은 어제를 잊는 데서 나오는 것 같다.

스트레스는 기억과 친하다. 밤새 뇌를 헤집고 다니는 고민은 밤을 넘어 새벽까지 잠을 밀어낸다. 절망도 망각의 강에서는 별수 없다. 잊을 수 있기에 오늘을 살아간다.

아픔은 그러하지만, 좋은 추억은 어떨까. 대학 시절의 친구를 만나면 기억의 조각들이 다 다르다. 하도 달라서 정말 같은 시공간에 있었던 것인지도 의심스러울 때가 있다.

한번은 대학교 2학년 때 과 동기를 갑자기 불러내 춘천에 가자고 했다고 한다. 호숫가의 어느 카페에서 커피만 마시고 재미없게 돌아왔다고 한다. 그런데 그런 기억이 내게는 없다.

누구 말이 맞는 걸까. 같은 곳을 여행하고도 기억하는 것이 전혀 다르다. 문제는 너무 좋았다는 느낌만 남고 디테일이 사라져버린 경우다. 안타깝지만, 기억이 나지 않는다.

망각을 거스를 수 없다면 행복하게 사는 방법은 하나다. 새로운 좋은 기억을 계속 집어넣는 것이다. 그리고 그 순간을 즐기는 것이다. 그리고 잊고 또 다른 것을 찾는 것이다.

어느 순간 여행이 지겨워질 때가 있었다. 보고자 한 것을 다 보았고 먹고자 하는 것을 다 먹었다는 기분이 들었을 때다. 대단한 착각이었다. 일 년 내내 뛰어다녔던 한강은 하루하루가 새로웠다. 도대체 얼마나 여행했다고 더 볼 게 없다고 생각했는지 오만하기 그지없다.

좋고 나쁨을 떠나 기억은 사라진다는 점에서 평등하다. 그리고 나도 잊혀진다. 노먼 레브레히트의 『왜 말러인가?』라는 책에 말러의 〈나는 세상에서 잊혔네〉라는 가곡의 가사가 실려 있다.

> 내가 그토록 많은 시간을 허비했던 세상이지만
> 나에 대해서 아는 것이 아무것도 없었던 세상이기에
> 이제 내가 죽은 것으로 믿고 있다 해도 이상할 것이 없네.
> 그렇게 해도 상관없네.

작곡가 구스타프 말러는 고통스러운 수술을 받고 나서 살아나 "다시 삶으로 돌아간다고 생각하니 오히려 성가신 기분이 들었다"라고 말했다. 아마도 문학평론가 르네 지라르가 말한 '욕망의 삼각형'이 지배하는 세계로 다시 들어오는 것이 '성가신 기분'을 들게 했으리라.

암 치료가 끝나자마자 다시 출근하고 한 달 뒤 약간의 후회가 들었던 것과 비슷한 걸까? 인정 욕구는 기억에서 출발한다. 남이 나를 기억해주는 것이 인정이기 때문이다. 수많은 스타들이 잊혀지는 것이 가장 두려웠다고 한다.

이 가곡의 다음 가사는 이렇다.

정녕코 나는 이 세상에게는 죽은 자와 다름없으니
세상의 왁자한 소동도 나와는 상관없네.
평온한 나라에서 평화를 누리네.
나는 나만의 천국에서 혼자 살고 있네.
나의 사랑, 나만의 노래 속에서.

하지만 이렇게 잊혀지는 것은 자유고 평화다. 그렇게 받아들이기만 한다면 말이다. 아프고 나서 달라진 점은 이제 모든 것을 욕망하지 않고 받아들인다는 것이다. 기억나지 않는 것도 잊혀지는 것도 모두 두렵지 않다. 잊고, 오늘을 산다.

분명 천국은 있어

'분명 천국은 있어.' 단 한 줄의 카피. 크리스피 크림 도넛 광고였다. 따뜻한 링 도넛 위에 하얀 설탕 코팅. 한 입 베어 물자 그래 천국은 있었다.

최고는 있다. 디트리히 피셔 디스카우, 그는 내가 아는 한 최고의 바리톤이다. 슈베르트의 가곡 〈겨울 나그네〉를 그만큼 잘 표현해내는 사람은 없다. 고등학교 때였나, 처음 듣고 난 뒤 사춘기가 연장돼버렸다. 희망 없는 절망을 노래했다. 값싼 위로나 기대는 없었다. 그만큼 순수한 피곤과 회한, 비참. 나그네는 보리수에 기대어 쉬는 수밖에 없었다. 땅은 얼어 있고, 그녀도 얼어 있었다. 내가 녹아야 그녀도 녹이는데 춥고 깊은 겨울이었다. 그렇게 천상의 목소리로 노래하는 지옥도 있었다.

조울증, 양극성 장애처럼 살다 보면 양극단이 내 앞에 펼쳐지는 경우가 있다. 그것도 동시에. 사랑과 고독은 등을 맞대고 붙어 있다. 딱풀로 붙여놓은 것처럼, 물 위에 기름을 올려놓은 것처럼 서로 다른 것이 함께 있다. 모순이다. 아이러니다.

그런데 따져보니 원래부터 사랑과 외로움은 같은 게 아니냐는 생각에 이르게 된다. 둘 다 한 몸에서 나왔다. 타자의 존재를 기반으로 하기 때문이다. 타자가 있어 사랑이 있고 타자가 없어 외롭다. 태초에 '너'가 없었다면 사랑도 외로움도 생기지 않았다. 빠져나올 수 없는 미로다.

때론 반려동물로도, 만화의 세계로도, 아니면 신앙의 세계로도 타자를 찾아 외로운 존재는 고개를 돌린다. 사람이 있어도 존재론적 불안에 빠진다. 누군가는 먼저 죽을 수밖에 없다. 또 언제든 떠나갈 수도 있다. 마음은 돌처럼 단단하지 않으니까. 광야에서 사십여 일 동안 사탄의 속삭임에서 버틸 수 있는 자는 예수님뿐이다. 인간은 나약하다. 뱀이 사과를 건네주면 베어 무는 게 사람이다.

그런데도 우리는 포기하지 않는다. 두 극단은 무스비結び, 매듭, 카르마, 인연, 끈으로 연결돼 있기 때문이다. 타자를 믿는 게 아니라 우연 같은 필연, 그 씨줄과 날줄로 엮인 짜임, 운명 같은 우연성을 믿기 때문이다. 다함없는, 무의식적인 끌림을 나는 믿는다. 찰나의 순간, 서로를 알아봄을 믿는다. 함께 있지 못해도 연결돼 있음을 느낀다. 평행우주에서는 분명 함께 거기에 있을 것을 믿는다.

그 믿음만이, 초연결에 대한 확신만이 이 얼어붙은 땅에 씨를 뿌릴 용기를 갖게 할 것이다. 그곳에서 싹이 날 것임을 포기하지 않게 할 것이다. 만나게 될 사람은 만나게 된다. 떠나게 될 사람은 떠나게 된다.

사뮈엘 베케트의 『고도를 기다리며』에서 디디(블라디미르)

와 고고(에스트라공)는 고도를 기다린다. 고도 씨는 끝내 오지 않는다. 절망적인 상황이다. 하지만 그 둘은 나무 밑에서 내일 또 만날 것이다. 어제 그랬고 오늘 그랬던 것처럼. 구원될 수 있을까? 고도는 올까? 이미 두 사람은 구원받았다. 두 사람이 함께 있기 때문이다. 둘은 그렇게 연결돼 있다. 그걸로 족하다. 이 현실에서 할 수 있는 것은 기다리는 것뿐. 그러나 둘은 함께 있기에 그 지난한 기다림도 가능했다.

연결을 믿는다. 그래서 기다린다. 이미 연결됐는데 알아차리지 못하고 있을 수도 있다. 끝내 이 생에 당신을 만나지 못할 수도 있다. 그래도 외롭지 않다. 혼자 보리수 아래 누워 세상과 당신과의 연결을 느껴본다. 온다, 당신이. 간다, 내가.

6개월마다 반복되는 불안

서울에 눈이 내렸다. 오후 네 시부터 내리기 시작해 퇴근 시간과 맞물리며 절정에 달했다. 한파 특보까지 내려졌다. 차들은 뒤엉켰다. 도로에 갇힌 사람들의 아우성이 들리는 듯했다. 코로나19로 답답했던 아이들은 집 밖으로 뛰어나왔다. 흐드러지게 쏟아지는 눈발은 SNS에도 넘쳐났다.

눈 내리는 도시의 겨울은 순백의 고요와는 거리가 멀다. 공간에 따라 말과 사물의 정의가 달라지는 것은 계절에도 그대로 적용된다.

하얀 눈이 땅과 엉겨붙어버렸다. 신경안정제가 아직 뇌를 짓누르고 있다. 옷을 주섬주섬 걸쳐 입고 정신건강의학과로 향했다. 신경안정제를 처방받는 날. 두 달 간격이다.

지난번에 약을 하나 바꿨다. 수면 유지 장애가 나아지지 않았기 때문이다. 새로운 약은 제법 잘 들었다. 같은 걸로 두 달치 더 처방받고 나오려는데 의사가 묻는다.

"혈액 쪽은 어떻게 됐나요?"

"네, 곧 검사가 있습니다."

'괜찮겠죠'라는 말이 목구멍까지 나왔지만 내뱉지 못했다.

미래는 겪기 전까지 알 수 없다. 섣부른 긍정은 낭패의 원인이 될 수 있다. 조심해야 한다. 아픈 사람의 마음은 좁아진다.

의사는 고개를 끄덕이고는 말을 더 잇지 않았다.

어김없다. 6개월마다 받는 추적 검사 날이 되었다. 질척거리는 기분으로 잠을 깼다. 새벽 두 시. 추가로 처방받은 약도 이날

만큼은 수면 유지에 실패. 몸이 떨려왔다.

악몽을 꾸었다. 어떤 파티였다. 사람들과 어울려 흥에 겨워 하고 있는데 목을 만져보니 뭔가가 올라왔다. 동그란 그것. 림프절이 부은 것 같다. 거울을 보았다. 동전만 한 것이 몇 개 올라왔다.

'안 돼! 2년을 버텼는데, 이제 와서 이게 뭐야.'

허망한 마음과 함께 미친 듯이 약통을 뒤져서 스테로이드와 소염제를 꺼내 목으로 털어 넣었더니 꿈이었다.

그래도 이건 아니다. 재발이라니. 재발이 꿈에 나오다니. 형언할 수 없이 무겁고 무서웠다. 개꿈이라고 치부하기엔 꿈속의 내가 너무 불쌍했다.

눈이 벌게진 채로 병원에 도착했다. 아침 일곱 시. 검사비를 결제하고 피 검사를 먼저 받았다. 여덟 시 조금 넘어 CT를 찍었다. 여섯 시간만 금식하면 되지만 어제 저녁부터 아무것도 목 뒤로 넘어가지 않았다. 심장의 두근거림이 극에 달했다. 불안이 심장을 삼켰다. 그럴 필요가 없는데, 그랬다.

검사는 조영제 투여부터 15분이 채 안 돼 끝났다. 결과는 일주일 뒤에 나온다. 그때까지는 살아도 사는 게 아니다. 처음에는 3개월, 이제는 6개월마다 반복되는 난장亂場이다.

추적 검사 일주일 전부터는 아프다. 결과가 나오면 통증은 거짓말같이 줄어든다. 신경성이라고 생각하는 이유다.

오후에는 다른 병원에서 뇌 MRI와 위내시경도 받았다. 작년에 코로나19로 건강검진 받는 사람이 연말에 몰렸었다. 그들에게 밀려서 받지 못했던 검사다. 휴가를 낸 김에 함께 받았다. 세포독성 항암제를 투여받으면 다른 암(2차 암이라고 부른다)이 발생할 가능성이 커지기 때문에 일반 검진도 빼놓지 않고 받아야 한다.

> 우리의 현실 세계에서가 아니라면 단테는 지옥의 소재를 대체 어디서 취했단 말인가?

철학자 쇼펜하우어의 말처럼 지옥은 현실에 있는 것이 아닐까 하는 생각까지 들었다. 아무리 암을 받아들인다고 해도 외줄 위를 걷는 아슬아슬한 상황은 바뀌지 않는다. 포르투갈의 작가 페르난두 페소아는 『불안의 서』에서 이렇게 말했다.

신들의 존재 여부와 상관없이, 우리는 그들의 노예다.

암을 경험한 이는 몸에 암이 남아 있는지와 상관없이 평생 암의 노예가 된다. 불안의 노예. 신이 한 번 더 주사위를 던졌다. 운명의 주사위를.

다시 돌아본다. 왜 아팠을까?

다시 돌아본다. 왜 아팠을까?

한마디로 화가 쌓였던 것 같다. 가랑비에 옷 젖는 것처럼 스트레스가 몸과 마음을 갉아먹었다. 아래위로 낀 상태가 특히 그랬다. 회사에서도 그랬고 집에서도 그랬다. 천성이 그래서 그런지 선배에게도 후배에게도 좋은 말만 하며 살려고 했다.

그들이 어떻게 여겼는지는 별도로 하고 말이다. 네. 그래. 이 두 마디만 하고 살았던 것 같다.

햄버거 패티처럼 눌려버렸다. 다 안고 가려다 폭발한 것 같다. 아니요. 안 돼. 이 말을 달고 살았으면 우울증도 암도 생기지 않았을 것 같다.

다투는 게 싫고 갈등이 싫었다. 선배는 후배를 잘 다루지 못한다고 질책했고, 후배들은 선배에게 바른말 하지 않는다고 비판했다. 모두와 잘 지내보려고 했지만 결과가 썩 좋진 않았던 것 같다. 이를 알아주는 소수가 있어서 회사 생활을 버틸 수 있었고, 그들과는 지금도 가깝게 지낸다.

치료를 마치고 회사로 돌아와서도 상황은 달라지지 않았다. 조직 생활은 일보다 사람이 더 힘들다. 일로만 놓고 보면 그 자체는 힘들어도 매력적이다. 매일 새로운 것을 접하고 알아보고 논의하고 전달하는 것은 매일 살아 있음을 느끼기에 충분하다.

기자라는 직업이 요즘 사회에서 그다지 좋게 평가받지 못한다는 것도 알고 있다. 그래도 자신의 목소리를 자신의 이름을 걸고 낼 수 있는 일은 많지 않을 것이다.

단점은 그게 남의 일이라는 점이다. 자신의 이야기는 아니라는 점이 한계다.

자신을 표현하고 싶어 하는 것은 인간의 중요한 욕구다. 하지만 다른 사람의 이야기라면 아무리 떠들어도 그 허기는 채워지지 않는다. 달리기로 그나마 풀었는데, 몸으로 쏟아내는 것을 풀었다고 착각한 것 같다.

자신을 그것도 내면을 드러내는 일은 아무래도 어색하다. 아프지 않았다면 절대로 하지 않았을 일이다. 하지만 이렇게라도 글로써나마 토해내고 나면 몸과 마음이 조금 더 건강해질 것 같다.

마음을 터놓는 수다는 그래서 언제나 누구에게나 도움이 된다고 생각한다. 아니면 혼잣말이라도 좋다. 속을 꺼내야 응어리진 것이 풀리리라.

한을 품으면 오뉴월에도 서리가 내리는 것은 남녀를 가릴 문제가 아닐 것이다. 그 된서리는 바깥이 아닌 안으로 향하기 때문이다.

아내는

울지

않았다

아내는 울지 않았다. 그리고 거기 있었다. 어디에든 있었고 언제나 있었다.

우울에 빠져 침대에 파묻혀 있을 때 왜 그러는지 묻지 않았다. 힘들면 쉬라고만 했다. 병원에 가보라고 재촉하지 않았다. 채근하지 않았다. 회사를 못 가게 됐을 때도 마찬가지였다. 스스로 나올 수 있을 때까지 기다려주었다.

수십 번의 마라톤에서는 주말 아침에 혼자 뛰러 가서 혼자 메달을 하나 들고 돌아왔다. 첫 번째 풀코스 마라톤과 두 번째 풀코스였던 춘천 마라톤 역시 혼자 뛰고 돌아왔다.

마지막 풀코스였던 '2016 중앙 서울 마라톤' 결승점에는 아내가 서 있었다. 41킬로미터를 넘게 혼자 뛴 끝에 볼 수 있었던 환한 미소였다. 단 한 번이지만 영원의 기억이 되었다.

무책임하게 제주로 가버렸던 나에게 암에 걸렸다는 소식을 전해준 것도 아내였다. 목소리는 침착했다. 놀람이 묻어 있는 목소리였지만 가을 바다의 파도 소리만큼 절제되어 있었다. 누구도 걱정시키지 않고 슬퍼함도 드러내지 않고 그저 빨리 올라오라는 말로 끝맺었다.

병치레하는 동안 집 대신 호텔을 간다고 했을 때, 그게 몸과 마음에 더 편하다면 그렇게 하라고 흔쾌히 받아준 사람도 아내였다.

항암 치료를 위해 입원해 있는 동안 구토억제제를 먹거나 주사로 맞으면서 속을 달랬지만, 진정되었을 때는 유난히 피자나 햄버거 같은 패스트푸드와 빵 같은 추천되지 않은 음식들이 당겼다. 병원 밥은 보기만 해도 구역질이 났다.

그때 지하 매점에서 조각 피자와 빵을 사다준 것도 아내였다. 병원에서 처방해준 변비약이 모자랐을 때, 수면제로도 잠을 이룰 수 없을 때 몰래 약을 더 가져다준 사람도 아내였다.

어머니, 아니 아플 땐 엄마라고 불렀다. 엄마가 처음이자 마지막으로 병원에 왔을 때, 이미 항암으로 신경이 쇠약해지고 신경질적으로 변한 나는 1층으로 내려가 다시는 오지 말라고, 다 낫고 보겠다고 소리쳤다. 못된 아들이었다. 그렇게 엄마를 돌려보냈다.

그렇게 모든 사람을 밀어내고 있을 때 단 한 사람, 곁에 있었던 사람이 아내였다.

얼마나 많고 깊은 슬픔이 그녀와 함께했을지 가늠하기 어렵다. 얼마나 힘들었을까 짐작도 하기 어렵다. 아프다는 핑계로 곁에 있는 사람의 고통은 살필 겨를이 없었다. 내가 그 정도 그릇밖에 되지 못했다.

그런데도 아내는 오롯이 혼자 이겨내겠다고 선언한 철들지 못한 사람을 끝까지 믿어주었다.

"내가 죽으면 어떻게 할 거야?"

"어떻게 하긴, 계속 살아야지."

태어나서 들어본 말 중에 가장 고마운 말이었다. 가장 강한 말이었다.

헤아릴 수 없는 별처럼 많은 슬픔을 그녀에게 안긴 나는, 평생 갚을 수 없는 빚을 지고 말았다.

사랑해요, 당신. 내가 이 말을 할 자격이 있는지 모르겠소.

괜찮아, 나아질 거야

오늘도 걷고 있다. 도움을 받았던 의료진을 떠올려본다.

처음 서울아산병원 정신건강의학과의 대기실 복도 의자에 앉았을 때의 기억이 생생하다. 겉으로는 아파 보이지 않는 사람과 보기에도 아파 보이는 사람이 있었다. 벽을 보고 이야기하는 이도 있었고 보호자 품에 기댄 채 눈을 감고 있는 사람도 있었다. 혼자 온 사람도 꽤 됐다.

주연호 교수가 처음 나를 보았을 때, 표정은 진지하고 무거웠지만 온화했다. 정신과 주치의를 알아보고 선택한 것은 아니다. 그날 진료가 있는 선생님이면 아무나 괜찮다고 하고 만났던 분이다. 운이 좋았다고밖에 할 수 없다.

정신과 진료의 특성상 환자와의 대화가 가장 중요한 치료 과정일 텐데, 다행히 마음을 털어놓을 수 있었다. 이야기를 나누는 데는 시간이 중요하지 않다. 단 몇 마디의 대화로도 상대방과의 소통이 가능하고, 수 시간을 얘기하고도 고구마 백 개를 먹은 듯한 답답함이 가시지 않을 수 있다. 가장 고마운 점은 우울증도 병이고 나을 수 있다는 사실을 깨우치게 해주었다는 것이다. "치료될 수 있습니다", "좋아지지 않았나요?", "움직일 수 있을 텐데요" 이런 말들로 이끌어주었다. 처음 걷기로, 뛰기로 안내했던 분이다.

악성 종양 의심이라는 진단서를 들고 찾아간 서울성모병원 비뇨기과 조혁진 교수는 단호함으로 기억된다. 항생제가 듣지 않자 곧바로 수술을 결정했다. 몸소 수술 방을 알아보고 긴급 수술 일정을 끼워 넣어 오후 네 시 반에 직접 집도했다. 빠른 판단에 놀랐다. 내가 잠시 주저함을 보이자 반드시 해야 한다고 잘라 말했다. 필요성과 긴급성이 충분히 전해졌다.

이어 같은 병원의 혈액종양내과 조석구 교수를 만나게 되었다. 그야말로 암과의 사투를 함께 했고, 지금도 추적 검사를 위해 정기적으로 뵙고 있다. 처음 만났을 때 하얀 종이에 병에 대해서 핵심만 적어서 간략하게 설명했다. 당장 치료받지 않으면 내년을 볼 수 없을지도 모른다는 말을 전하면서도 안심시키는 톤을 잃지 않았다.

병명에 급성acute이라고 붙은 병은 단순하게 급하게 생겼다는 뜻이 아니다. 바로 치료하지 않으면 생명을 잃을 수 있다는 말이다. 급성 백혈병, 급성 패혈증, 급성 심부전……. 열거하지 않아도 몇 달 안에 어떤 경우에는 수일에서 수 시간 만에 사망할 수도 있다. 급성보다 한 단계 아래인 공격성aggressive이라는 단어가 내 병명을 수식하고 있었고 4기라는 말과 함께 시한부라는 단어까지 이어졌다. 하지만 다행인 점은 모 아니면 도인

병이 혈액암 계열이다. 항암제에 반응을 잘해 암 중에서는 완치까지 바라볼 수 있다. 하지만 나이, 전이 상태, 몸의 활동성, 유전자의 돌연변이 형태 등 여러 가지 이유로 항암제가 듣지 않으면 예후가 매우 좋지 않을 수 있다.

이 모든 것을 전혀 몰랐기에 그저 주치의에게 전적으로 의존할 수밖에 없었다. "항암으로 충분히 줄일 수 있습니다." 확신에 찬 한마디가 나를 버티게 했다.

암은 처음 치료가 가장 중요하다. 재발하면 선택지가 급격히 줄어든다. 그것을 바로 실천해준 주치의는 그야말로 생명의 은인이다. 그리고 투병 내내 먼저 항암 부작용을 물어보며 대처해주었다. 이런 의사가 또 있을까 하는 생각마저 들었다. 손 저림이 느껴지는지, 구내염은 어떤지, 잠은 잘 자는지 이쯤 되면 생길 부작용이라고 예상해 먼저 물었고 그에 따른 처방도 해주었다. 3차 항암 이후 폐렴으로 응급실에 실려 갔을 때는 아침 회진 시간을 쪼개서 응급실을 찾아와주었다. 감동이었다.

수술, 항암, 방사선…… 암의 3대 치료라는 것을 모두 받고 추적 관찰 중이지만, 그 이후의 관리는 고등학교 친구인 문정

혜 가정의학과 전문의(연세휴가정의학과)를 통해 지속해서 받고 있다. 대학병원에서는 처음에는 3개월, 이제는 6개월에 한 번씩 CT를 찍으며 재발 여부를 확인한다. 매번 큰 병원을 갈 수 없으니 동네 주치의가 필요했다. 다행히 친구가 집에서 멀지 않은 곳에서 병원을 하고 있어서 부담 없이 내 상태를 설명해주었고 도움을 받고 있다.

한 달에 한 번씩 혈액 검사를 통해 간 수치와 혈당, 그리고 가장 중요한 혈구의 상태를 확인하고, 상황에 맞는 진통제와 위장약, 간장약, 치질약까지 거의 모든 건강관리를 친구에게 일임하고 있다. IVC도 매주 한 번 맞고 있다. 어떻게든 재발을 막고 싶은 심정이다. 나아가 세포독성 항암제가 일으키는 2차 암을 조기에 발견하기 위해서라도 필요한 일이다.

"괜찮아, 나아질 거야." 친구의 이 한마디가 마음의 진정제가 되었다. 매번 이것저것 귀찮을 수 있는 질문에도 항상 성실하게 대답해주었다. 고맙다는 말로는 부족하다.

관해 판정을 받은 암 생존자라면 집에서 가까운 동네 주치의를 꼭 구하기를 권한다.

걷다, 다시

요즘은 다시 일에 치여 살고 있다. 그래도 시간을 쪼개 여의도 공원이라도 걷는다. 걷는 것은 이미 존재의 일부가 되었다.

아기가 태어나 처음 걸을 때 박수를 받는다. 이제는 그럴 나이가 아니다. 속으로 자신을 스스로 토닥일 뿐이다.

요즘 입술이 자주 부르튼다. 말라붙은 겨울바람을 맞으며 걸었기 때문일까. 극한의 추위 때문일까. 항상 쓰는 마스크가 피부까지는 보호해주지 못하는가 보다. 면역력이 떨어졌기 때문이겠지. 혹시 재발의 징조는 아닐까. 불안의 생명력은 질기다. 언제 어디서든지 불쑥 튀어나온다.

걸을 때는 생각이 많아질 때도 있고 사라질 때도 있다. 어느 쪽이건 걷는다는 사실은 변함이 없다. 소중한 순간이다. 밀려드는 잡념은 흘려 내버린다. 아이디어는 휴대전화 메모장에 기록해둔다.

사는 것은 힘들다. 아픈 것은 더 힘들다. 아플 때는 그동안 해온 모든 고민이 다 무無가 된다. 그렇게 없어질 고민에 왜 그토록 매달렸던 걸까. 하지만 병에서 벗어나면 이내 다시 생의 괴로움에 빠진다. 속세의 인간이라 별수 없다. 이 또한 받아들인다.

잘 살아왔을까? 병실에서 지난 삶을 돌아봤을 때 후회는 없었다. 베르나르 베르베르의 『심판』을 읽었다. 이 희곡의 핵심은 한 사람의 삶을 판단하는 기준이 인간계와 천상계에서 다르다는 것이다. 하늘의 검사인 베르트랑은 이렇게 꾸짖는다.

그러니까 제가 하고 싶은 말은 이겁니다. 지나치게 평온하고, 지나치게 틀에 박힌 삶을 선택하고, 자신의 타고난 재능을 등한시하고, 운명적인 사랑에 실패함으로써 피숑 씨는 배신을 저질렀습니다. 그는 엘리자베트 루나크의 꿈을 배신했어요. 결국 자신을 배신한 셈이죠.

세속의 기준에서 안정적이고 성공적인 판사라는 삶을 택한 주인공 아나톨 피숑은 유죄를 선고받는다. 본인의 타고난 재능, 즉 배우가 되는 완벽한 길을 갈 수 있었는데 포기했다는 것이 유죄 판단의 이유다. 천생연분을 몰라본 것도 유죄 판단의 또 다른 근거였다.

당신은 당신의 재능을 어떻게 썼죠? 전혀 쓰지 않았어요. 그래서 사형…….

나는 나의 재능을 어떻게 썼을까? 잘 모르겠다. 나는 무슨 재능이 있을까? 역시 잘 모르겠다. 내 직업이 나를 적절히 반영하고 있을까? 죽어서 저 검사를 만나면 지적해주려나. 다만 운명적 사랑을 선택한 것만큼은 확실하다. 이마저도 부인된다면 '사형'을 언도받아도 할 말은 없다.

걷자. 조금 더 걷자. 삶이 아직 많이 남아 있다. 마지막까지 걷다가 길 위에서 죽는 것이 꿈 아니었나. 방랑자. 길 위에서의 삶. 그것도 건강해야 가능한 일이다.

다시는 아프지 말자. 오래 살지 않아도 좋으니 아프지 말고 살다 가자. 가자, 다시.

이렇게 눈 내리는 날에도 별은 구름 뒤 하늘에서 빛나고 있다. 보이지 않을 뿐 항상 거기 그렇게 있다. 그 별이 인도하는 데로 가다 보면 길의 끝에 다다를 것이다.

그때 잘 걸어왔다고 인사하고 마지막을 말하자.

쌉싸름했지만, 달콤했던 삶이었다고.

나오며

나태하게 사는 게 꿈입니다

"행복은 심각한 얼굴을 한 천사다."

긴 얼굴의 초상화를 많이 그린 화가 모딜리아니가 한 말입니다. 어려서부터 결핵을 앓았고 이후 가난과 마약에 찌들어 살다 서른여섯 나이에 결핵성 뇌막염으로 숨졌습니다. 당시 임신 8개월이었던 열네 살 연하의 아내 잔 에뷔테른은 이틀 뒤

투신으로 모딜리아니와 함께 가는 길을 택했습니다.

행복은 '천사'같이 긍정적인 일이지만 언제든 눈앞에서 사라져 하늘로 올라가 버릴 수 있습니다. 그 휘발성 때문에 '심각한 얼굴'을 하고 있지 않을까 생각합니다. 천사는 행복에 도취된 사람을 그래서 안쓰럽게 보고 있을지도 모릅니다. 한편으론 쉽게 적응하거나 익숙해지는 인간의 본성 때문일 것도 같네요. 행복이든 불행이든 말입니다.

나태하게 사는 게 꿈입니다. 게으른 것과는 다릅니다. 삶의 진폭을 줄여 잔잔한 일렁임이 있는 호수처럼 살고 싶다는 뜻입니다. 그러기 위해서는 조금 넓은 호수가 돼야겠지요. 강한 바람에도 크게 흔들리지 않으려면 말입니다. 아플 때 간절하게 그렇게 살아야겠다고 생각했는데 몸이 회복돼가는 정도만큼 다짐의 농도는 옅어집니다. 싱어송라이터인 '슌Shoon'의 노래 가사를 떠올리며 삶의 속도를 조절해봅니다.

내 꿈은 당신과 나태하게 사는 것
더 이상 치열하지 않아도 괜찮은 것

그저 내 키만 한 소파에 서로 기대어 앉아

과자나 까먹으며 TV 속 연예인에게 깔깔댈 수 있는 것

그냥 매일 손잡고 걸을 수 있는 여유로운 저녁이 있는 것

지친 하루의 끝마다 돌아와 꼭 함께하는 것

잠시 마주 앉아 서로 이야기를 들어줄 수 있는 것

네가 늘 있는 것

고맙습니다. 아프고 나서 가장 많이 한 말입니다. 더 많이 하겠습니다. 이겨낼 수 없는 병은 없다고 믿고 있습니다. 삶은 혼자가 아닙니다. 힘든 일은 함께 나누면 나눠집니다. 도움을 요청하면 꼭 누군가가 손을 내밀 것입니다. 가족이, 친구가, 이름 모를 SNS 속의 사람들도 힘이 됐습니다.

끌어당김의 긍정적인 힘을 믿습니다. 삶에서 비관주의는 승리할 수 없습니다. 희망은 때로 힘들게 하지만, 결국 내일이 오늘보다 나아질 것이라는 믿음이 없으면 우리는 살 수 없습니다. 그리고 조금 나아집니다. 일단 오늘을 견뎌보는 것입니다. 종교도 도움이 됩니다.

특히 걸으면서 때론 뛰면서 많은 것을 얻었습니다. 운동화를 신고 몸은 따뜻하게 하고 한번 집에서 가까운 산책로를 걸어보세요. 그곳에 새로운 출발점이 있을 겁니다.

강원도 인제 원대리에는 자작나무 숲이 있습니다. 그 속에서 발걸음을 옮기면 사시사철 하얀 설원이 온몸을 감싸 안는 느낌을 받습니다. 한여름 햇볕 아래에서도, 바람이 불어도, 눈이 오고 비가 내려도, 결은 다르지만 같은 평안을 얻습니다. 중심이 있다는 것의 힘입니다.

한결같음은 꿈일 수 있지만 그 꿈을 꾸는 것이 인간입니다. 지칠 만도 하고 힘들 만도 한데 그런 내색 한 번 하지 않고 병치레 내내 혼자 이겨낼 수 있도록 숲처럼 나무처럼 그렇게 곁에서 지켜준 당신에게 한 번 더 고맙다는 말을 더해봅니다. 함께 나태함의 배에서 노를 저어가고 싶습니다. 저 호수 끝에 닿을 때까지 말입니다.

살아 있다는 달콤한 말

초판 1쇄 발행 2021년 2월 25일

지은이 정영훈
펴낸이 김철식
펴낸곳 모요사
출판등록 2009년 3월 11일
(제410-2008-000077호)
주소 10209 경기도 고양시 일산서구
가좌3로 45, 203동 1801호
전화 031 915 6777
팩스 031 5171 3011
이메일 mojosa7@gmail.com

ISBN 978-89-97066-64-3 03810